MARLON BRANDO
VIDA E OBRA POR _____

Carlão!
Que ótima notícia! Eu sabia que alguma editora aceitaria a publicação do livro! Eu sabia! O que não se consegue com um pouco de dinheiro neste mundo, não é verdade? Martins Fontes. Conheço, sim. De nome. Martins Fontes. Avise que já depositei, ontem mesmo, a primeira parcela. O restante segue, sem falta, mês que vem. Agora, só entre nós: os caras enfiaram a faca, hein? Misericórdia... O que são todos esses "custos de preparação"? Imaginei ter que bancar apenas a impressão do livro, não a imensa lista daquele Excel. Revisão gráfica. Revisão ortográfica. Coordenação editorial. Editoração... O tal Alexandre (o nome do editor é Alexandre, certo? Ou Alessandro?) está levando algum, com certeza. Mas tudo bem, tudo bem. Quem não quer levar o seu? Não vou discutir. Assino o cheque com um sorriso no

rosto. Depois de tantas recusas, o livro vai sair. É tudo o que importa.

A propósito, das mais difíceis sua primeira pergunta. Não sei. Realmente, não sei. Sinto muito, é a única resposta que posso lhe dar. Não sei por que o escrevi. A dúvida, inclusive, vem me perseguindo há algum tempo. No começo, imaginei tratar-se apenas de um simples hobby, sabe? Algo para preencher o tempo livre. Contudo, à medida que a coisa foi progredindo, outra explicação surgiu. Materializar reflexões. Transmitir idéias, ensinar tudo o que aprendi. Objetivos maiores, Carlão. Maiores. Evidente que, diante de justificativa tão nobre, não tive nenhuma dificuldade para me convencer. Satisfeitíssimo, satisfeitíssimo. A escrita não era mero passatempo, mas tarefa de grande relevância. E, por meses, soou bastante plausível.

Ao tentar lhe responder, no entanto, constatei que, fosse realmente esse o objetivo, eu não teria sido tão clemente comigo mesmo na narrativa. Ora, é fácil reparar. Por páginas e páginas espinafro a Fefê, o Luís (ou LooloF, ou L, não sei qual o nome artístico do momento), o Vini. Nem meus pais escapam. Já quando falo de mim, pego bem mais leve. Bem mais leve. Não é demonstração de grande elevação espiritual, não é mesmo? Não, não é. Nem um pouco. Aí, mudei de opinião. Vaidade. Escrevi o livro por pura vaidade. Quem sabe, apesar da guinada do ano passado, após o casamento da Verinha, não restem aqui ou ali resquícios do velho Giant? E tudo não passe da mera necessidade de me exibir? Vaidade. Fazer o quê? Assumi sem flagelos na consciência. Que atire a primeira pedra qualquer um de nossos colegas que nunca sonhou o mesmo, ainda que num breve momento de empolgação. Ninguém cruza a vida completamente imune às luzes, meu caro. Ninguém.

Mas logo percebi que também não era isso. Caso contrário, o tom geral da história seria bem mais triunfante. Se poupei-me do escárnio completo, não o substituí pelo auto-elogio. Capítulo a capítulo, me apresento alternadamente como oportunista desprezível, pobre vítima ou observador arguto. E, no fim das contas, quem não alterna, Carlão? Salvo biografias oficiais ou enredos esquemáticos, quem não alterna? Só me resta mesmo a resposta inicial. Por que escrevi o livro? Não sei. Tédio? Nobreza? Vaidade? Não sei. Juro para você que não sei. Provavelmente, um pouco dos três. Essa necessidade que temos de classificar tudo sob rótulos estanques é uma tremenda bobagem. Nobreza não exclui vaidade ou tédio. Não há tanto antagonismo no mundo como nos é confortável supor, Carlão. Além do mais, o que está feito, está feito. O livro vai sair e, ainda que o tiro saia pela culatra, sigamos em frente. Como diria minha falecida tia Zefa, alguma serventia há de ter.

Agora, não pense que me limitarei a repetir "não sei" às demais dúvidas que você enviou. Essas são fáceis, Carlão. Fáceis. E você certamente há de se impressionar com a engenhosidade. Vamos lá. Primeiro, compreendo o estranhamento quanto ao fato de o texto ser narrado em terceira pessoa, dado que é autobiográfico. Só não precisava me avacalhar afirmando que adotei o estilo jogador-de-futebol-dando-entrevista. Nada disso, Carlão. Nada disso. Pense comigo. O leitor chega à livraria. "Pô, o cara escreveu um livro *sobre ele mesmo. Que ridículo." E ele tem razão. É ridículo. Ainda mais se considerarmos que, com exceção de nossos amigos, ninguém nunca ouviu falar neste que vos escreve. Ridículo. Ridículo demais. Daí a terceira pessoa. Para dar a impressão de ter sido escrito por outra pessoa. Sem contar que evito antipatias. É, antipatias. Sei que minhas opiniões não passam de minhas opiniões. Mas tenho plena consciência de que podem soar um tanto incômodas a grupos dos mais distintos. Aí, já viu: "Pô, cara arrogante, se acha o dono da verdade." Ora, Carlão. Donos da verdade, no fundo, somos todos. Acreditamos piamente nos guiarmos pelos códigos corretos, defendermos as causas justas. Conhecermos os fatos como são, conduzir-nos na direção certa. Logo, ao encontrar opinião contrária, logo taxamos de arrogância. Sem perceber que praticamos o mesmo esporte. Conhece a clássica definição de Flaubert para imbecil? "Aquele que não pensa como nós." Então. Escrevendo o livro em terceira pessoa, não corro riscos. Não sou eu, Marlon Brando, quem afirma isso ou aquilo. É o narrador, arrogante dono da verdade. Por tudo isso, você se incomodou com o título. Mas, ao contrário do que supôs e — com razão — qualificou como esquisitíssimo, o certo não é* **Marlon Brando, vida e obra por.** *Só* **Marlon Brando, vida e obra.** *O "por" dever ser completado com o nome de quem assinará o livro.* **Marlon Brando, vida e obra. Por "nome do autor".** *Como ainda não sei quem será o distinto, o espaço estava em branco no original que lhe enviei. Entendeu, agora?* **Marlon Brando, vida e obra. Por "nome do autor".**

Falando nisso: alguma sugestão? Só peço que, por

favor, não responda com Marlon Brando, vida e obra. Por Carlão. Nada contra você, amigo. Mas é importante que eu consiga um nome de peso. Imagine só, Marlon Brando, vida e obra. Por Ruy Castro. Marlon Brando, vida e obra. Por Washington Olivetto. Ou, ainda, Marlon Brando, vida e obra. Por Caetano Veloso. Seria sensacional, não? Sensacional. O leitor olha a capa e pensa: "Pô, o Caetano escreveu isso. Deve ser bom, vou levar." Infelizmente, acho bem difícil que figurões desse naipe aceitem. São cheios de princípios, cachê e tal. Mesmo assim, vou preparar uma lista com meus nomes ideais e envio para que encaminhe ao Alexandre/Alessandro, ok? Ao menos agilizar esses contatos ele faz, não? Pela grana que estou pagando, é o mínimo. Vou incluir, em separado, alguns nomes do terceiro escalão para que tenhamos um plano B. Sei lá, um Gustavo Piqueira, por exemplo. Se soltar milzinho na mão de um cara assim, ele certamente topa. Esse pessoal mais obscuro se ouriça todo ante qualquer possibilidade de exposição. Não vai ter trabalho nenhum, o livro já está todo escrito. Basta assinar. Aliás, basta assinar mesmo. Seja lá quem for o "autor", não quero uma vírgula diferente do que escrevi, Carlão. Uma vírgula. Podemos, então, deixar combinado assim? Primeiro tentamos conseguir os melhores. Se não der certo, vamos de Gustavo Piqueira ou similar. Mas só em último caso, por favor. E não se esqueça de me passar qualquer outra boa idéia que surgir por aí.

      Parte da mesma estratégia são as citações eruditas inseridas a cada abertura de capítulo, que tanto o impressionaram. Mas, desculpe a decepção, não andei lendo tudo aquilo, não. Para ser sincero, comprei um livrinho de frases célebres. Foi dali que tirei todo o material. Mas que diferença faz? Causam impacto do mesmo jeito. O leitor começa a folhear, encontra um Platão aqui, um Voltaire ali e pronto. "Pô, Platão e Voltaire. Profundo. Livro profundo." O conteúdo soa mais elaborado, mesmo que não faça sentido algum. Todo mundo adora se sentir inteligente, Carlão. Mesmo que não faça sentido algum.

Minha única nota de profundo descontentamento: a notícia de que a editora decidiu eliminar os capítulos quatro e cinco da parte dois. Como assim, eliminar? O livro é meu. Inclusive, estou pagando integralmente sua publicação. Sou eu quem deveria decidir o que entra ou não. Até concordo com a análise do Alexandre/Alessandro. O capítulo quatro era puro sexo explícito, enquanto o seguinte trazia violência escatológica. Popularescos, assumo. Mas "gratuitos"? Não, senhor. Nada gratuitos. Ainda que não se encaixassem na narrativa, quem hoje em dia se interessa por algo que não tenha porrada ou sacanagem? Quase ninguém. E — por favor, não pense tratar-se de autopiedade — minha história não é das mais aventureiras. "Pô, só tem Voltaire e Platão? Que saco." Não, não. O leitor alcança o capítulo quatro e... "Pô, putaria das boas. E sangue, muito sangue. Do jeito que eu gosto. Livração. Livração. Caetano Veloso acertou a mão." Ora, a editora não percebe isso? Que a função de ambos era exatamente a de atrair público? Inacreditável... Fora que sexo e violência tornam qualquer livro mais moderno. E é importante. Ser moderno. Sei que você afirmou estarem eles irredutíveis quanto à tesourada, mas tente mais uma vez,

Carlão, agora com base nestes argumentos. Só mais uma vez. "Gratuitos." É brincadeira. Na minha terra, tem outro nome. Falta de visão de negócio, isso sim. Impressionante. Caprichei tanto naquela cena do matagal, não achou? Uma semana inteira só para escrever aquilo, Carlão. Uma semana inteira. Mas, enfim, se não voltarem atrás, a única coisa de que faço questão é a não-renumeração dos capítulos seguintes. Pula direto do três para o seis. Senão, toda a estrutura díptica do livro vai para o espaço. E deixe bem claro: disso, não abro mão.

É tudo. Gostei de saber que as coisas andam tranqüilas aí em São Paulo. Por aqui, também. Sem grandes novidades. Um grande abraço, muito obrigado por toda a ajuda.

Marlon

P.S.: Carlão, último pedido. Já que as ilustrações coloridas não rolaram, tenta negociar com eles pelo menos uma capa dura, vai? Uma capinha dura daria uma bela valorizada no livro...

Copyright © 2008, Livraria Martins Fontes Editora,
São Paulo, para a presente edição.

1ª edição 2008

Acompanhamento editorial
Helena Guimarães Bittencourt

Revisões gráficas
Ana Maria de O. M. Barbosa
Renato da Rocha Carlos

Produção gráfica
Geraldo Alves

Paginação
Rex Design

Dados Internacionais de Catalogação na Publicação (CIP)
(Câmara Brasileira do Livro, SP, Brasil)

Piqueira, Gustavo
 Marlon Brando : vida e obra / Gustavo Piqueira. – São Paulo : Editora WMF Martins Fontes, 2008.

 ISBN 978-85-7827-051-3

 1. Ficção brasileira I. Título.

08-06817   CDD-869.93

Índices para catálogo sistemático:
1. Ficção : Literatura brasileira   869.93

Todos os direitos desta edição reservados à
Livraria Martins Fontes Editora Ltda.
Rua Conselheiro Ramalho, 330 01325-000 São Paulo SP Brasil
Tel. (11) 3241.3677 Fax (11) 3101.1042
e-mail: info@wmfmartinsfontes.com.br
http://www.wmfmartinsfontes.com.br

MARLON BRANDO
VIDA E OBRA POR *Gustavo Piqueira*

wmf martinsfontes

SÃO PAULO 2008

Creio que minhas idéias são boas e corretas,

MAS QUEM NÃO CRÊ O MESMO DAS SUAS?
Montaigne

PARTE I

1 **Origens** 19

2 **Estilo** 27

3 **Idéias** 36

4 **Expressão autoral? Ou planejamento estratégico? As difíceis escolhas de Marlon Brando** 44

5 **Como Marlon Brando buscou se constituir num elemento transformador dentro do mundo globalizado** 53

6 **Projetos selecionados e comentados** 61

7 **Sucesso** 68

8 **Morte** 75

PARTE 2

1 **Origens** *85*

2 **Estilo** *92*

3 **Idéias** *99*

~~4 Expressão autoral? Ou planejamento estratégico? As difíceis escolhas de Marlon Brando~~

~~5 Como Marlon Brando buscou se constituir num elemento transformador dentro do mundo globalizado~~

6 **Projetos selecionados e comentados** *108*

7 **Sucesso** *115*

8 **Morte** *126*

PARTE I

"Porventura está em nosso poder recordarmos do que queremos?"

CÍCERO

I Origens

Marlon Brando Dias Fuzetti nasceu em Alvinópolis. Filho de Gilmar Fuzetti e Maria de Lourdes Dias Fuzetti. Irmão mais velho de Eduardo e Claudia (ambos, também, Dias Fuzetti). Como você pode ver, nada de mais. A não ser, claro, pelo nome ridículo que seus pais lhe deram. (Atente para o agravante de seus irmãos não se chamarem Clark Gable Dias Fuzetti ou Jane Fonda Dias Fuzetti, simplesmente Eduardo e Claudia.) Nada, porém, que o tenha incomodado durante os primeiros catorze, quinze anos. E — sejamos francos, Marlon — por algum tempo você até gostava de topar com o ilustre homônimo na tevê. Cutucava o Dudu cheio de orgulho. Olha outro Marlon Brando aí, Dudu. Você já viu algum Dudu na tevê? Nunca? Olha outro Marlon Brando aí. O caçula, sete anos mais jovem, fazia cara de bobo, Marlon sorria em júbilo. Hoje sabemos que o pequeno Eduardo não reagia daquele modo por corroer-se de inveja, após não encontrar nenhum "Dudu famoso" que servisse como resposta. Pelo contrário. Tratava-se apenas da expressão idiota que todos ostentamos aos quatro anos. Mas, à época, Marlon não percebia. E sorria em júbilo. Olha outro Marlon Brando aí, Dudu.

No entanto, como já dissemos, com catorze, quinze anos, percebeu o quanto seu nome era jeca. Passou, então, a amaldiçoar o arroubo de criatividade de seus pais. "Foi coisa de sua mãe", repetia seu Gilmar. Esta, coitada, saía-se ainda pior. "Mas é um nome tão bonito, filho." Lindo, mãe. Lindo. Queria ver o que a senhora diria, caso tivesse sido batizada como Grace Kelly Dias.

De tanto insistir, contudo, um dia a mãe revelou-lhe ter sido grande admiradora — quando "mocinha" — do ator. Que péssimo. Que péssimo. Ele se chamava Marlon Brando porque sua mãe era apaixonada pelo Marlon Brando original. Quando "mocinha". Que péssimo. Como o pai não reclamou? Corno de um galã americano. É, corno. À distância, mas ainda corno. Que péssimo. Se poderia ter sido pior? Sim, sim. Caso dona Lourdes tivesse se encantado pelo Ronnie Von. Jerry Adriani. Sidney Magal. Pepeu Gomes. Todos, sem dúvida, muito piores. Servia como consolo? Não, não servia. Marlon Brando continuava péssimo. Péssimo.

E calma lá, seu Gilmar. Calma lá. Não pense que, uma vez despejada toda a culpa do nome Marlon Brando sobre os suspiros de sua esposa, escapará incólume da adolescência de nosso biografado. Redondo engano, seu Gilmar. Redondo engano. O senhor foi responsável por um dano de proporções ainda maiores. Saltemos qualquer tentativa de adjetivos, direto à narrativa. Só os fatos podem descrever, com exatidão, o sofrimento que um pai infligiu ao próprio filho.

De sangue empreendedor, o jovem Gilmar logo decidiu engavetar o diploma de agrônomo e arriscar o próprio negócio. Uma empresa de organização e animação de festas, na cidade natal. Nascia a Fuzetti Festas. Casamentos, formaturas e bailes no clube constavam do primeiro folheto de divulgação. Foi o quarto item, porém, que fez a firma decolar e garantiu um padrão de vida confortável, ainda que sem grandes luxos, à família que se formava e crescia. Festas infantis. De início, nada além do tradicional kit bexiga-língua-de-sogra-palhaço. Mas, com o passar dos anos, o pai de Marlon aperfeiçoou a oferta de serviços e lançou o que chamava de "festa à la carte". Sacada de marketing duvidosíssima, significava apenas ser possível ao cliente escolher um tema específico para o aniversário do júnior. *Festa no espaço*, *Aventura na selva* e *Castelo encantado* eram algumas das opções. *Turma da Mônica*, disparado, a mais popular.

Pois assim corria a vida num sábado, quando encontramos Marlon voltando de um churrasco no sítio de amigos. Treze cervejas na cabeça. Ao entrar em casa, topou com o pai, andando pra lá e pra cá. Preocupadíssimo. Miltinho, o funcionário que habitualmente "interpretava" o Cebolinha, sumira. Como assim, pai? Sumiu? "Sumiu. Não sei como. O filho-da-puta sumiu." Quatro e meia, festa marcada para as cinco. E nada do Cebolinha. Trôpego, Marlon desabou no sofá e, por vinte minutos, assistiu à crescente apreensão do velho Fuzetti. Dez para as cinco, seu Gilmar desistiu. "Marlon, levanta aí. Preciso que quebre esse galho pra mim." Eu? "É. Tome aqui a fantasia de Cebolinha. Estou no carro lhe esperando." A soma da conhecida rigidez paterna com as treze cervejas foi decisiva para impedir qualquer contra-argumento. Sem saber direito o que fazia, vestiu a roupa verde de pelúcia, apoiou o cabeção redondo sob o braço. E foi.

Sucesso absoluto. Bêbado, Marlon divertiu a todos, por horas. As crianças adoraram, os pais adoraram. É verdade que Ritinha, filha do Geraldo padeiro, assustou-se um pouco ao ser agarrada pelo Cebolinha na entrada do banheiro. Mas foi um caso isolado. No geral, sucesso absoluto. O que, para Marlon, não poderia ter sido mais desastroso. Na manhã seguinte, curado da bebedeira, recebeu de um pai orgulhoso a notícia. Miltinho fora demitido. Irresponsável. A partir de agora, sempre que houvesse uma festa *Turma da Mônica*, seu primogênito seria o Cebolinha. "Vai ganhar seu próprio dinheiro, filhão!"

Dois anos de pesadelo. Mais de cinqüenta tardes dentro daquela maldita fantasia, procurando entreter um bando de crianças histéricas. Na tentativa de aliviar o calvário, por vezes buscou repetir a tática original, entornando seis doses de conhaque Presidente antes de encarnar no infeliz. De nada adiantava. A bebida parecia não subir, e Marlon seguia, sóbrio feito um poste, rumo a quatro horas de torturantes gincanas, caças ao tesouro e danças da cadeira. Nada comparável, claro, ao pavoroso grand finale. O dueto musical *Manhã de primavera*. Ele e "Mônica". Sem sombra de dúvida, a mais estúpida canção jamais escrita. *Manhã, manhã, manhã de plimaveeeela! Pintula, pintula, pintula de aqualeeeela! Manhã, manhã, manhã de plimaveeeela!* ... Chega, chega. Mesmo hoje, passadas quase duas décadas, a lembrança ainda causa arrepios no pobre Marlon. E não foram poucas as noites em que despertou, apavorado, em meio a horripilantes sonhos musicais. Como aquele em que gângsteres o encurralavam num beco escuro, sacavam suas armas, mas, em vez de balas, soltavam a garganta. *Manhã, manhã, manhã de plimaveeeela! Pintula, pintula, pintula de aqualeeeela! Manhã, manhã...* Chega. Por favor, chega.

Todos hão de concordar, o futuro se desenhava dos mais sombrios. Um nome ridículo. Uma profissão, idem. Não. Profissão, não. Aquilo nem profissão era. Por acaso você encontra a opção "Cebolinha cover" em algum formulário? Encontra? Então. Aquilo nem profissão era. Apliquemos, pois, "ocupação". Uma ocupação ridícula. Uma cidadezinha caipira. O que viria a seguir? Casar com alguma das meninas de lá, ter filhos, envelhecer e morrer? Não, não. Apesar de, inegável, algumas meninas da cidade serem bastante interessantes. A Deyse, por exemplo. Delícia. Mas só porque tem dezessete anos. Com trinta, está acabada. Veja o exemplo da prima Sônia. Estado lastimável. Gorda feito uma morsa. Não. A vida não podia ser só aquilo. Pelo menos não a dele.

Traçou então um plano que, se nada tinha de original, servia muito bem a seus propósitos. Faculdade em São Paulo. O primeiro passo, convencer seu Gilmar e dona Lourdes, foi moleza. Pais tendem a valorizar qualquer atitude dos filhos em direção a segurança e estabilidade. Dinheiro — a segunda etapa — deu um pouco mais de trabalho. Mas esforçou-se nos cálculos ao lado do pai e, em poucos meses, a empreitada se mostrara viável. Apertada, porém viável. Faltava só escolher o curso. Vocação? Nenhuma. Aliás, esse negócio de vocação está um pouco fora de moda, não? Pouco importa o que se gosta de fazer. Bobagem. Mais vale analisar o que determinada profissão pode nos tornar.

Vejamos então. Que tal Direito? Não, certinho demais. Terno, gravata. Assim como Engenharia. Ou Economia. Medicina? Pior. Pessoas doentes, sapatos brancos. Cintos brancos, também. Sai fora. Tentemos a outra ponta. História ou Biologia. Para virar professor? Não. Professor ganha pouco. Artes plásticas? Ganha menos ainda. Psicologia. Para passar a vida ouvindo gente maluca? Não. Música? Última opção. Definitivamente, música é a última opção. Vai que *Manhã de Primavera* faz parte do currículo... Quando, desanimado, Marlon já se preparava para técnicas pouco ortodoxas de decisão, como sorteio, eis que na página 84 do Guia do Estudante fez-se a luz.

"Design é uma profissão contemporânea e o mercado de trabalho tem reconhecido e absorvido os profissionais da área com relativa facilidade. O profissional pode atuar nas mais diversas áreas da indústria cultural, como editoras, escritórios de design gráfico, emissoras e produtoras de cinema e TV, produtoras de eventos culturais, agências de publicidade e marketing. Além disso pode desenvolver projetos pessoais ou em organizações não-governamentais."

Perfeito. "Profissão contemporânea." Perfeito. Acompanhe. "O mercado de trabalho tem reconhecido e absorvido os profissionais da área com relativa facilidade." Tradução: dá dinheiro. "Indústria cultural": poder com glamour. Sim, com glamour. Ora, não se trata de indústria metalúrgica ou farmacêutica. Indústria cultural. Cul, tu, ral. "Pode desenvolver projetos pessoais": é cool. Para completar, ainda vou para o céu, graças às "organizações não-governamentais". Design. Perfeito. Adeus, Alvinópolis, Cebolinha, vidinha. Adeus.

Foi fácil. Inscreveu-se em vários vestibulares, passou em alguns — ainda que aluno burocrático, burro nunca foi —, arrumou as malas, desembarcou no apartamento alugado da Vila Mariana. E capítulo encerrado.

Claro que existem outras passagens marcantes na juventude de Marlon Brando. A festa do pijama na casa do Rovílson. O gol de voleio na final do Ferreirão. Até mesmo a surra no Michel. Mas nenhuma vem ao caso aqui. Afinal, é importante manter o foco no assunto principal antes que o leitor se impaciente. Se bem que o gol de voleio, particularmente, foi notável. Zero a zero, chuva torrencial. O juiz preparava-se para apitar o fim do jogo quando, numa roubada de bola, Rubinho avançou pela esquerda. Marlon acompanhava pelo meio, até o bico da grande área. Num sensacional giro de corpo... Não, não. Vamos parar por aqui. Trata-se de *Marlon Brando, vida e obra*. Não *Marlon Brando, futebol compacto*. Capítulo encerrado.

> "Não haverá nenhum bem em si e independente do homem? Perguntarei aos que fazem essa pergunta se existe frio e calor, doce e amargo, cheiro bom e cheiro ruim que não seja em relação a nós. Não é verdade que um homem que pretendesse que o calor existe por si só seria um raciocinador bem ridículo?"
>
> VOLTAIRE

2 Estilo

O i é amarelo. Não, nenhum erro de digitação. Como atestado, eis novamente a frase. O i é amarelo. Isso mesmo. O i. A letra i. É amarela. Não sabia? Pois é, Marlon também não. Contudo, logo em suas primeiras aulas, descobriu. Mais precisamente, na matéria Metodologia de Projeto I — Composição de Cores, Tipos e Formas. O i, que até então imaginara um simples i, dissimulava, sob aquele vulgar disfarce magrelo e reto, uma série de atributos secretos, cuja revelação era privilégio de um seleto grupo de iniciados. Nada de um simples traço com um pinguinho em cima. Não. O i era muito mais. Muito mais. Era amarelo. E não só ele. Todos os demais 25 caracteres possuíam segredos. Verdade que, aos pobres desafortunados de menor importância como o y e o k, restavam cores bastante duvidosas. Fúcsia, por exemplo. Mas — vale para os homens, vale para as letras — não se pode agradar a todos. É a vida.

A professora de Marlon caprichava. Para apresentar tão impactante informação, nada da frieza e desleixo do parágrafo acima. Não. A professora de Marlon caprichava. Apagava as luzes da sala, projetando no datashow um enorme quadrado amarelo de Power Point. "Iiiiiiiiiiiiiiiiiiiiiiiiiiiiiiiiiii", trinava. Após breve pausa, quando seu olhar perscrutava a reação da classe, repetia a dose. "Iiiiiiiiiiiiiiiiiiiii iiiiiiiiiiiiii." Pronto. Agora, todos sabem. O i é, sem sombra de dúvida, amarelo. Satisfeita, acendia as luzes e encerrava a aula acreditando ter demonstrado, cientificamente, a correspondência matemática de determinados caracteres e suas respectivas cores. Nas semanas seguintes, a disciplina prosseguia estabelecendo paralelos — científicos, sempre científicos — entre outros elementos visuais. Formas geométricas e cores. Formas geométricas e letras. Significado absoluto de formas geométricas. O quadrado? Sinônimo de segurança, estabilidade. A elipse? Dinamismo. Vermelho? Paixão. Marlon chegou a imaginar que a prova do semestre se resumiria a um exercício de ligue os pontos, onde bastaria acertar qual das letras da primeira coluna fazia par com as cores de segunda. Mas não. O exercício consistia na criação de um animal fictício com forma, nome e cor compondo um todo harmônico. Forma, nome e cor combinados do jeito certo. Certo, não. "Certo." Porque, de certo mesmo, aquilo não tinha nada. Afinal, como crer na unidade absoluta de percepção, visto que as sensibilidades individuais são tão diversas e particulares? Ou que contextos são tão específicos? Uma manhã com céu azul-claro nos transmite uma mensagem. Um terno, do mesmo azul-claro, outra. Bem diferente, inclusive. Aos sete anos, nos esbaldamos no playground. Se continuamos a fazê-lo aos trinta, já passou da hora de procurar um terapeuta. Não é lá algo muito difícil de perceber, é? Então. Qual o objetivo de toda aquela sistematização? Fazer um bando de pós-adolescentes sentir-se detentor dos "mistérios da criatividade"? Preencher a grade curricular? Ou apenas seguir a tendência atual de fingir que conhecimento é acúmulo de informação? Marlon não possuía a resposta. Mas, de espírito pragmático, criou o "Sississi". Animal cientificamente lilás, esguio, sensual. E passou com nove.

Outra sensacional descoberta proporcionada pelo curso, desta vez no terceiro semestre (Signos Aplicados II): duas em cada três embalagens trazem a imagem, disfarçada, de um pênis. Isso mesmo. Um pênis. Chama-se mensagem subliminar. Técnica das mais utilizadas. Duas em cada três embalagens. Basta olhar com atenção, ensinava o mestre. O logotipo dos cigarros Marlboro? Lá está ele, entre o L e o B. Enorme. E o P de Pirelli, então? Escancarado, escancarado. Nem o sabonete Dove escapava. Que pombinha inocente, que nada. Aquilo era um tremendo cacete. Um tremendo cacete dourado. Todas as teses surgiam devidamente ilustradas com traços a lápis sobre os originais, que "provavam" a existência do órgão masculino. O objetivo? "Atingir o inconsciente do consumidor", afirmava o catedrático. À época, Marlon estranhou. Não achava ser possível creditar a compra de determinado produto à demanda de seu inconsciente por pênis. Preocupado, chegou a temer pelo futuro. Passarei a vida encaixando pintos em mais da metade dos projetos que fizer? Tarefa desagradável. Bastante desagradável. Mesmo assim, prudente, esmiuçou num caderno quantas variações estilísticas do membro conseguia executar. Alcançou vinte e duas. Felizmente, os estudos se mostraram inúteis. Anos depois, desconfiado por nunca ter ouvido "coloca um pau subliminar aí" de cliente nenhum, testou e percebeu que, se quisesse, poderia "provar" que duas em cada três embalagens de produto trazem, disfarçada, a imagem de um Fusca. De um cortador de unha, também. Duas em cada três. "Atingir o inconsciente do consumidor?" Ah, tá.

Algumas matérias preferiam se deter em um único tópico. Como exemplo, Sociologia I e a ditadura militar. Segundo a professora, um período em que era negado aos pensadores — grupo no qual ela, obviamente, se incluía — qualquer direito de expressão. "Para quem vive de idéias, como eu, não há nada mais sofrido." E o curso seguia, monocórdico, num misto de relatos trágicos da repressão, inflamadas análises históricas e nostalgia da juventude perdida.

Das dezenove aulas, Marlon dormiu em treze. Além de faltar em quatro. Não que fosse um insensível. Ou uma toupeira. Muito menos apresentasse qualquer traço de simpatia verde-oliva. Pelo contrário. Seu pai, inclusive, presenteara o sargento Aymar com uma caixa de Ballantines a fim de livrar o filho do serviço militar obrigatório. Não era esse o ponto. Devemos ser tolerantes com tudo. Com tudo. Respeitar diferentes credos religiosos. Posições políticas. Opções sexuais, pessoais, profissionais. E combater qualquer proibição à livre escolha ou pensar. Venha do governo, da igreja ou do vizinho. Devemos ser tolerantes com tudo. Menos conosco. Nada pode ser pior do que aplicarmos, a nós mesmos, exagerada condescendência. E era precisamente isso o que o irritava e entediava naquela professora. Sob a fantasia da indignação humanitária com os anos de chumbo, havia simplesmente uma dose cavalar de auto-indulgência com suas frustrações pessoais. E, cá entre nós: momentos difíceis, todos carregamos. Coletivos ou individuais, historicamente relevantes ou não. Há mais de vinte anos ela fora autorizada a soltar suas "grandes idéias" por aí. E o que aconteceu? Nada. Nenhuma idéia. Nenhuminha. Mais de vinte anos. Você não acha que ela deveria inverter o discurso, já que sua fixação pelo período não passava de um processo de negação? Mais fácil inverter. Ao invés de condenar o regime militar, sentir saudades. Isso, saudades. Rezar para que tanques cerquem novamente o Palácio do Governo, como em 64. Não estranhe o raciocínio. É simples. Afinal, caso isso acontecesse, ela poderia voltar a fingir que não expressa idéias por conta da repressão. Não porque, efetivamente, não as tem. Muito mais agradável. Muito mais. E, não custa reforçar, Marlon não era uma toupeira insensível. Se ficou com tal impressão, por favor releia o parágrafo. Desta vez, prestando mais atenção. Ele sabia perfeitamente ser importante não se esquecer das grandes barbaridades cometidas em nome de alguma ideologia, fosse política ou religiosa. Condenava e lamentava-as com veemência. Veemência técnica, é verdade. Assim como fazemos todos nós, gostemos disso ou não. "A indignação procede por imitação dos afetos da vítima; por conseguinte, ela é tanto mais viva quanto a vítima se parece mais conosco." Mas o "não podemos nos esquecer", quando dito em altos brados, em geral não passa de mera retórica. (Mais uma vez, gostemos disso ou não.) E toda mera retórica é, por definição, vazia.

Para arejar, havia as disciplinas artísticas. Aquelas que estimulavam o desenvolvimento do "traço". Rapidamente, Marlon descobriu que seu imaginário plástico estava pra lá de ultrapassado. Nada de modelos vivos em carvão, cavaletes, estúdios. Paleta de cores ou naturezas-mortas. O lance era mais solto. Teoria da pintura? Composição? Bobagem. Para desenvolver o próprio "traço", bastava um caderno de desenho, que cada um deveria carregar consigo e registrar, instintivamente, suas impressões do mundo. Na faculdade, nas ruas. Nas viagens. Em qualquer lugar. Como se todos nós trouxéssemos, já pronto, imenso potencial para criação de linguagem visual. Faltava apenas o objeto catalisador. Simples assim. Agora, não faltava mais. Comprem um caderno de desenho e problema resolvido. Mas, atenção, alertavam os professores. Não serve qualquer caderno. Não, não, não. Tem que ser um Moleskine. Um o quê? Nunca ouvi falar. Moleskine, Marlon. Moleskine. Rapidamente, o grupo docente apresentou o modelo, elencando algumas justificativas técnicas, como portabilidade e praticidade, para, afinal, alcançar o grande motivo pelo qual todo aspirante a artista deveria carregar seu Moleskine: Picasso tinha um. E não só ele. Van Gogh também. E Hemingway. Ora, ora. Que motivo, hein? Van Gogh tinha um. E daí? O que raios isso poderia influenciar nos "registros instintivos" dele, Marlon Brando? Andar pimpão pela Consolação sentindo-se o holandês em Arles? Porque, se Van Gogh tivesse apenas um rolo de papel higiênico rosa, provavelmente teria pintado os mesmos quadros. O suporte é detalhe dos mais insignificantes. Ou você tem algo a dizer ou não tem. "Hemingway não largava o seu." Ok, professor. Ok. Quer dizer que, quando o senhor completar 61 anos, vai se estourar com um tiro na boca e achar chique? Tenha a santa paciência, professor. Tenha a santa paciência. Todas essas conjecturas, no entanto, não impediram Marlon de comprar seu Moleskine e, instintivo, registrar pérolas como *Avenida Paulista seis da tarde*, *Pescador no Bonete*, *Crianças pedindo esmola* e *Fefê na rede*. Que ridículo, hein, Marlon? Que ridículo. Tudo bem, você só tinha vinte anos. Mas, convenhamos, era ridículo demais.

Já no fim do curso, uma guinada rumo a disciplinas que buscavam "aproximar o aluno do mercado de trabalho". Em Sistemas de Identidade Visual IV, o professor, orgulhoso, contava aos alunos ter conseguido, por meio de contatos, que o trabalho do semestre fosse "pra valer". "Pra valer, galera! Cada um desenvolve seu projeto. O melhor será implantado. Implantado pra valer!" Ele estava animado. O tema? Criação do selo comemorativo de 25 anos do Batalhão de Choque da 13ª DP. "Olha, galera, no desenvolvimento de um projeto pra valer, é fundamental entrar em contato com o universo do cliente, entenderam? Sentir como é a realidade dele, suas necessidades e anseios. Entenderam?" Entendemos. E lá fomos nós, à delegacia, para uma entediante palestra de três horas com tenente Mattos, o cliente. Lá aprendemos que o dever da polícia é garantir a segurança da população. Que os profissionais são bem treinados, com equipamentos de última geração. E só se valem de violência em último caso, zelosos que são pelo bem-estar da comunidade. Perfeito, tenente Mattos. Perfeito. Nada mais mundo real do que isso. Nada. E a "aproximação do mercado de trabalho" não parava por aí. Para o dia da apresentação, era necessário esquecer bermudas, saias e chinelos no armário. "Traje social, galera." Social? "Social. Porque, galera, no mundo dos negócios é assim. Sua roupa é seu cartão de visitas. Entenderam?" Entendemos. E aquela tarde de quinta fez Marlon recordar-se, com calafrios, dos casamentos de Alvinópolis e seu festival de jovens em horríveis ternos e tailleurs bege, muitos números acima, emprestados de pai, mãe ou algum tio corretor de imóveis. Até obteve uma nota razoável com sua versão geométrica do número 25, onde o dois formava uma árvore e o cinco um rifle, ambos envolvendo uma singela casinha. A proteção da população, professor. Entendeu? Mas não passou de uma nota razoável. Quem teve a honra de ver seu trabalho implantado "pra valer" foi Celsinho Turbante. Que, efetivamente, não usava turbante. Mas, de quando em quando, surgia na faculdade com uma inacreditável bandana Axl Rose na cabeça. Daí o apelido. Celsinho Turbante.

E assim, pouco a pouco, sedimentou-se a sólida formação do profissional Marlon Brando. Quatro anos depois da partida (na verdade quatro anos e meio, devido a uma dependência em História do Design III), seu Gilmar e dona Lourdes chegavam a São Paulo para assistir, cheios de si, à colação de grau do filho mais velho.

"Ele, que se enfeita de cores e formas de empréstimo, na falta das que lhe são próprias."
PLATÃO

3 Idéias

Agnolotti al funghi secchi? Ou tortellini al pesto? Os dois pareciam gostosos. Para ser sincero, os nomes pareciam gostosos. Marlon não sabia muito bem no que consistia, exatamente, cada um dos pratos. Em Alvinópolis, massa era lasanha, macarrão ou nhoque. Mas, como não queria ser tachado de caipira, mantinha-se calado e fingia profunda análise do cardápio. Agnolotti al funghi secchi? Tortellini al pesto? "E então? Já escolheram?" Luís olhou para o garçom e pediu um tortellini. Fefê, de regime, uma salada caprese. Verinha? "Ravioli de espinafre." "E o senhor?" Eu? Eu. Vou no agnolotti. No agnolotti. Obrigado.

    Não era a primeira vez que os quatro saíam para jantar. Quase um ano após a formatura, começavam a intercalar os botecos e suas longas mesas de dez, quinze amigos, com programas "de casal". Sinal de maturidade e evolução, acreditavam. Nenhum restaurante ultra-estrelado, claro. Marlon nem teria dinheiro para isso. Mas, para alguém cujo histórico gastronômico resumia-se à alcatra com macarronada do Cesão ou à calabresa do Pizza na Pedra, sempre em companhia dos pais, estava ótimo. Ótimo. A bebida? Ainda cerveja. O vinho viria só mais tarde, arremate natural do processo de transição entre ah-como-sou-um-jovem-desencanado-e-rebelde e ah-como-sou-um-adulto-sofisticado-e-bem-sucedido. Mas não nos adiantemos. Nesse exato instante, lá está Marlon, jantando "de casal" em Pinheiros. Tomando sua cerveja enquanto aguarda a chegada do misterioso agnolotti. Namorava Fefê havia quase dois anos. Ela e Luís estudaram juntos no colégio. Num "bom colégio", como gostavam de repetir. A princípio, Marlon acreditou que o adjetivo referia-se à qualidade do ensino. Logo, porém, percebeu que não. Em São Paulo, provir de um "bom colégio" é muito mais uma auferição de status social do que, propriamente, uma avaliação pedagógica. Pois bem. Luís e Fefê estudaram juntos num "bom colégio", como paulistanos "bem-nascidos" que se prezem. "Opa, opa, opa!" Sim, caro leitor. Pode falar. "Espere aí! Como, então, nosso ex-Cebolinha foi parar em mesa tão exclusiva?" Pergunta pertinente. E, sem querer puxar seu saco, sinal de perspicácia. Cabe mesmo uma explicação. Em primeiro lugar, tanto Luís quanto Fefê, ainda que "bem-nascidos" e oriundos de "bons colégios", não se posicionavam como janotas de ar aristocrático. Prefeririam canalizar o pedigree para um estilo mais "cultural", na falta de melhor adjetivo. Como se, a despeito de todo conforto e berço, valorizassem a essência das coisas. Não estranhe, não são exceções. A praga é, aliás, muito comum. "Bons colégios" paulistanos, ainda que fiéis a velhos hábitos estamentais, adoram divertir-se com a ostentação de verniz humanista, crítico e multicultural. É ridículo? É. Mas não cabe aqui julgarmos. Limitamo-nos a relatar os fatos com são. Você vai ver que, com o tempo, tudo se ajeita. E lá se foi Fefê, humanista, crítica e multicultural, cursar arquitetura. Luís preferiu design. Mesma classe de Marlon. Já nas primeiras semanas, os dois perceberam formar imbatível dupla no carteado. E, de truco em truco, tornaram-se inseparáveis. Numa festa, o parceiro lhe apresentou a antiga colega. Fefê encantou-se de imediato. "Você é tão diferente! Tão engraçado!" Marlon fazia que sim. Era mesmo. Diferente. Engraçado. Pouco importava que a menina, completamente chapada, gargalhasse ante as piores piadas.

Já a manutenção do namoro exigiu um pouco mais de esforço. Mas ele, aos poucos, aperfeiçoou uma tática infalível para manter o posto, mesmo quando Fefê não havia fumado nada. Ao narrar alguma passagem pitoresca de sua juventude em Alvinópolis (que, no fim das contas, era o que o tornava diferente e engraçado aos olhos da garota), transferia o protagonismo das histórias a um fictício e genérico amigo do primo. Desse modo, em vez de "eu passei dois anos animando festas vestido de Cebolinha", surgia "um amigo do meu primo passou dois anos animando festas vestido de Cebolinha". Funcionava que era uma beleza. Fefê ria feito louca, Marlon mantinha a reputação intacta. Uma beleza. Chegou até a, acredite, cantarolar *Manhã de primavera*. A estúpida canção que um amigo de seu primo era obrigado a interpretar de quinze em quinze dias.

Por fim, a Verinha. A Verinha. A Verinha? Olha, na verdade, não há muito o que dizer da Verinha. Também colega de faculdade que, na opinião do namorado, equilibrava a sandália Embu e o cérebro diminuto com vantajosas compensações. "A Verinha é uma loucura, Marlão. Uma loucura. Insaciável." Luís, macho humanista, crítico e multicultural, justificava assim, cheio de poesia, os oito meses da relação. Olha, Luisão, pode até ser, devolvia — em pensamento — Marlon. Uma loucura e tal. Mas para aqueles que, como eu, limitam seu contato com Verinha a lugares públicos, é tortura, rapaz. Tortura. A moça não pára de falar. Não pára. E só bobagens. Impressionante. Só bobagens.

"Vocês não sabem quem me ligou ontem! O Johnny! Meu, o cara vai morar dois anos em Angola! Não é o máximo? Puta experiêcia de vida! Puta experiência de vida!" Marlon se esforçava, se esforçava, se esforçava. Mas nada de conseguir descobrir no que consistia a puta experiência de vida do Johnny, que tanto excitava Verinha. "Falei para o Johnny: que máximo, Johnny! Que máximo! Em Angola! O Pietro, meu ex-namorado italiano, também morou na África. Seis meses no Sudão. Missão da ONU." Verinha desfilava sua estupidez por enorme variedade de temas, mas, hora ou outra, terminava por desembocar nas grandes peripécias do tal Pietro. Três semanas perdido no Pantanal, após a queda de um avião, alimentando-se de insetos. A dramática travessia clandestina da fronteira em San Diego. Colheita de maçãs no verão macedônio. Bêbado num karaokê em São Petesburgo, entoando "Billie Jean" abraçado a membros da Máfia russa. Agora, essa missão da ONU no Sudão. Sem esquecer, claro, o final trágico num acidente automobilístico. Uma carreta desgovernada atravessara a pista, estraçalhando nosso intrépido ex-namorado italiano. Nos Alpes. Pobre Pietro, pobre Pietro. Pobre Pietro? Pobre Pietro o cacete. Pobre Marlon, obrigado a escutar toda aquela baboseira. Fefê? Rindo sem parar. "Angola?" Gargalhadas. "Pietro?" Gargalhadas. "ONU?" Gargalhadas. Encontrava-se, como de hábito, no mesmo estado do dia em que nosso biografado a conheceu. O Luís? Pior. Talvez anestesiado pelo desempenho íntimo da namorada, não só não sentia ciúmes do finado ragazzo, como ainda dava corda para a estúpida.

"Com certeza, Verinha. África. Com certeza.

Onde ainda rola o autêntico. Tipo aquele som que lhe mostrei ontem, gata. Quênia, anos 70. Muito bom, muito bom. Você tem que ouvir, Marlão. É muito bom." O som "Quênia anos 70" era um clássico de Luís. Esforçava-se ao máximo para evitar consumir aquilo que, desdenhosamente, classificava como carne de vaca. Com dedicação incessante, vasculhava bandas, filmes e designers dos mais obscuros para futura exibição em festas. Ou jantares "de casal". Provas inconstestáveis de que Luís Ferraz não era um qualquer, mas personalidade das mais ímpares. De início, Marlon até se impressionou. Mas, após seguir o amigo a um intragável festival de curtas universitários, percebeu o real objetivo. Onde ainda rola o autêntico? Sei, sei. Caça às grifes, e só. Só. Processo similar ao da mãe perua, Vivi Ferraz, e sua coleção de exclusivos Versaces. Como dissemos no início do capítulo, variação "cultural" do mesmo tema. "Você tem que ouvir, Marlão. Tem que ouvir." Claro. Quênia anos 70. Deve ser ótimo, cara. Ótimo. "Ai, Lu, é tudo de bom mesmo!" Verinha seguia empolgada. "Fugir da civilização, né? Balançar numa rede olhando as estrelas. Tudo de bom!" No Quênia, Verinha? No Quênia? Peraí. Não compreendo. Você gosta da África pela sensação de consciência social que isso lhe traz ou por uma vontade de retorno ao sistema caça-e-coleta para, assim, poder balançar numa rede olhando estrelas? E não se espante, leitor. Não se espante. Verinha era sempre igual. Iniciava suas brilhantes teses repetindo algum clichê politicamente correto. De preferência distante ou abstrato, a fim de evitar qualquer possibilidade real de envolvimento. O que, diga-se de passagem, não era difícil para alguém restrito a Pinheiros e Vila Madalena. Seguia-se, então, a inevitável aventura estrelada por Pietro, ex-namorado italiano. Finalmente, uma conclusão que, abandonando as nobres intenções do princípio, resultava individualista, rasa e, quase sempre, preguiçosa. Como essa história da África. Puta que pariu. Então, Verinha, deixe-me ver se compreendi sua idílica rotina no Quênia. De manhã, como voluntária de algum sensacional esforço humanitário — de preferência, organizado por Bono Vox —, distribuiria comida a uma fila de crianças subnutridas. Inocentes vítimas da guerra que você, Verinha, conseguiria alegrar com sua bondade e dedicação. Acertei, Verinha? Acertei, né? Não há preço que pague a visão daqueles sorrisos desabrochando, não? À noite, dever cumprido, hora de relaxar. Enquanto Luos e Kikuyus se trucidam por antiquíssimas rixas étnicas, das quais você nada entende, sorriria tranqüila, deitada numa rede sob as estrelas: "Como é bom fugir da civilização." É bom, né, Verinha? Como é bom. Puta que pariu, viu? Puta que pariu.

E ela não parava. Não parava. "Mas, mesmo sem ter programado nada tão sensacional quanto o Johnny, prometi a mim mesma: neste ano, muitas idéias! Muitas idéias!" É mesmo, Verinha? Todas incríveis, imagino. "Chega de não fazer nada. Estou decidida! Este ano, muitas idéias!" Zzzzzz... "Quero fazer um guia. Ou documentário. Ou livro." Zzzzz... "Explorar os pontos futurísticos de São Paulo." Zz... Ahn? Turísticos, certo? Você quis dizer pontos turísticos. "Não, não. Futurísticos. Do futurismo. Pontos futurísticos." É impossível. Impossível. Olha, a estapafúrdia vida no Quênia até vai. Mas pontos futurísticos de São Paulo, não dá. Eu não mereço. Não mereço. Como pode alguém...

"O agnolotti al funghi secchi, para quem é?"

O agnolotti? Para mim. Para mim. Obrigado, garçom. Muito obrigado. Tudo bem se o prato for horrível. Não importa. Basta ter me poupado de ouvir as façanhas do futurístico Pietro, ex-namorado italiano, tripulando a Enterprise ao lado do dr. Spok. Só tenho a lhe agradecer. Muito obrigado, garçom. Mesmo.

"É de um fetichismo bem agradável acreditar que uma boa parte do Belo é criada fora de nós, e que não a devemos criar."

MARCEL PROUST

4 Expressão autoral? Ou planejamento estratégico? As difíceis escolhas de Marlon Brando

Fefê estava atrasada. Pra variar. "Oito e meia passo aí." Combinado, combinado. Mais de nove, e nada. Quarenta minutos sentado na portaria do prédio. "Seu Mário, seu Mário. Tomando outra canseira da patroa?" É, Bezerra. Tomando outra canseira. O porteiro não apenas se acostumara aos freqüentes atrasos da moça, como também parecia recusar terminantemente a correta pronúncia do nome Marlon. Mário. Assim chamava-se o morador do 41. Não, Bezerra. É Marlon. Lon. Mar, lon. "Má, rio. Entendi, seu Mário." Já fazia tempo, contudo, que Marlon desistira de tentativas como essa. Dane-se. Quer chamar de Mário, chame de Mário. A vida, inclusive, seria bem mais agradável se todo mundo fizesse o mesmo.

"Essa mulherada é fogo, hein, seu Mário?" E sorria. Aliás, nenhuma novidade. O cano do esgoto estourou? Bezerra sorria. O Gabrielzinho do 23 destruiu o hall? Bezerra sorria. Bezerra sorria sempre. Até mesmo durante as monótonas tardes que atravessava, sozinho, dentro da minúscula guarita. Qual seu segredo? Realização profissional? Como porteiro? Difícil acreditar. Que tal, então, vida familiar estável? Longe disso. Morava em Perus, com o irmão. Divorciara-se havia pouco e boa parte do magro salário seguia para a pensão alimentícia dos cinco filhos. Semana retrasada, faltara ao serviço. A mais velha, dezesseis anos, arranjara um namorado traficante do bairro e sumira da casa da mãe. Bezerra foi buscá-la. No dia seguinte, narrava a ingrata missão para justificar a ausência. Sorrindo. Pois bem. Descartados bens materiais e afetivos, o que restava para justificar seu constante estado de espírito? Virtude? Bezerra era um raro exemplo de virtude? Aquele que, despido de cobiça e atitudes mundanas, alimenta-se de paz interior. Certo? Errado. Traçava várias empregadas na garagem, sempre durante o expediente. Também suspeitava-se de que fora o responsável pelo sumiço de cinqüenta reais da caixinha do prédio. Mas Bezerra negava. E sorria. Ora, se sorria, era feliz. Faz sentido. Quem sorri o tempo todo é feliz. Bezerra sorri o tempo todo, Bezerra é feliz. Marlon não sorri o tempo todo, Marlon não é feliz. A felicidade é — unânime consenso — o grande objetivo de todo ser humano.

"Meta das metas", conforme Aristóteles; "estado de uma consciência plenamente satisfeita", conforme o dicionário. E lá estava ele, Marlon, ao lado de uma pessoa feliz. O que fazer? Perguntar ao síndico se não havia outra vaga de porteiro? Sublocar um cômodo em Perus? Organizar alguma excursão à casa de traficantes? Ou pegar sua faxineira, Zilda, de jeito? Faz sentido?

Recentemente lera, num artigo de revista, dados comprovando que as pessoas mais felizes do mundo não se encontravam na Suécia ou no Upper East Side, mas em Vanuatu. (Talvez Tuvalu. Para dizer a verdade, Marlon não se lembrava exatamente do nome do lugar. Apenas que terminava com u, e não era Botucatu.) O texto prosseguia, com indisfarçável inclinação de auto-ajuda, apresentando receita infalível para se alcançar a felicidade. Dinheiro, que imaginamos tão importante, respondia pela mísera parcela de cinco por cento. Já as relações sociais, dez a quinze por cento. Mais alguns percentuais adiante, descobria-se que também era necessário um hobby ao ar livre, assim como chocolate e três copos diários de álcool. Hobby ao ar livre, chocolate e três copos de álcool. Que interessante deve ser a vida em Vanuatu, não? Que interessante.

Mas mal teve tempo de imaginar vanuatuenses correndo, saltitantes, pelos prados com suas pipas, bombons e garrafas de cerveja. Fefê buzinou, e lá se foi Marlon Brando conferir *Arte urbana ao vivo com LooloF*. Não entendeu nada? Ele também não. Mas era o que constava no convite enviado por Luís para sua festa de aniversário. Nada de "venha comemorar meus 23 anos" ou qualquer piadinha infeliz sobre idade ou afins. Apenas data, hora, local e *Arte urbana ao vivo com LooloF*.

  Encontrou o amigo de cócoras, entretido em preencher, com um rolo de tinta vermelha, a enorme cabeça rabiscada no muro do bar. Ensaiou um cumprimento, mas o compenetrado aniversariante mal lhe deu atenção. Marlon estranhou suas roupas, folgadíssimas bermuda e regata Houston Rockets, ornando com o hip-hop ao fundo. Sempre que tudo se encaixa com tamanha perfeição, mesmo sob superfície despretensiosa como aquela, a sensação de artificialidade é inevitável. Ao redor de Luís, um pequeno grupo de espectadores acompanhava o movimento dos pincéis com extrema seriedade. De primeira, Marlon pensou tratar-se dos donos do estabelecimento, preocupados com o destino do próprio muro. No entanto, logo percebeu estar enganado. Os cinco gatos-pingados formavam uma platéia. Uma platéia assistindo a um espetáculo de arte, com toda a circunspecção exigida para sua correta fruição. Arte. Urbana, e ao vivo. Não é engraçado como basta substituir o nome pelo qual definimos uma coisa para que esta, ainda que se mantenha inalterada, transforme-se — aparentemente, claro — em outra? Como quando revendedoras de carros trocaram "usados" por "seminovos". Ou quando descobrimos que Luís, pintando um muro, está na verdade executando, ao vivo, uma performance de arte urbana. É engraçado. Não achou? Não? Olha, pensando bem, você tem razão. Não é nada engraçado. Muito pelo contrário, aliás.

Marlon suportou o show até o preenchimento da orelha esquerda. Mas, prevendo que o artista urbano ainda levaria um bom tempo para terminar sua grande obra, afastou-se e sentou ao lado de Fefê que, empolgada, falava para amigos de seu assunto preferido: ela mesma. "Porque a Bauhaus blablablá...", "O Lúcio Costa blablablá...", "O Gehry blablablá..." e assim por diante. Deu para notar que, para falar de si própria, Fefê efetivamente não falava de si própria. Preferia citar grandes nomes da arquitetura. Acreditava, com isso, demonstrar a todos sua incontestável relevância. Pouco importava que a única ocupação atual fosse tocar a reforma de um curral, na fazenda de amigos de seus pais. A arquiteta em nada se interessava pelo ofício. Bastava a listagem de personalidades e avanços histórico-culturais vinculados à arquitetura. Por tabela, vinculados também a ela. Algo semelhante a se, por exemplo, Marlon inflasse o peito para expor, como prova cabal de sua grandeza, o fato de postar-se ao lado de Napoleão, Elvis Presley e Tom Cruise no seleto grupo dos morenos de cabelo liso. Ou compartilhar com Margareth Thatcher, Michael Jordan e Maomé a filiação ao prestigioso clube

Meu Nome Começa com M. "Porque eu trabalho com algo que o homem faz desde o princípio. O habitar." Era esse seu grande mantra. O habitar, no infinitivo. Eis a grande finalidade de toda a evolução humana, enfim, desvendada: fornecer à mimada Fefê instrumentos para sua afirmação ante os amigos. (Ante ela mesma também, muito provável.) E dá-lhe papo-furado. "Porque o Duomo de Firenze blablablá…", "A pólis grega blablablá…".

  Às tantas, Luís apareceu. "E aí, curtiram?" Mesmo sem olhar para a obra finalizada, Marlon disse que sim. Bem bacana. "É, agora estou nessa. Quero fazer o que gosto, do jeito que gosto." Bacana. "Partir para trabalhos pessoais. Foda-se o mercado." Finalmente, Marlon olhou para o muro. Ainda que executada com correção técnica, a grande cabeça vermelha se assemelhava, em linguagem e temática, a dezenas de outras ilustrações que já vira em livros ou websites. O trabalho pessoal de Luís, que tanto entusiasmava o próprio autor, em nada se vinculava a uma compreensão original e única do mundo, fosse esta subjetiva ou objetiva. Não expressava nenhuma visão exclusiva. Em suma, nada tinha de pessoal. "Fazer o que gosto, do jeito que gosto." O lema funcionava apenas como simulacro tardio das aulas de arte no jardim-de-infância, onde, munidas de lápis de cor e guache, crianças "se soltam". Mera repetição do universo infantil de satisfação e prazer, numa interminável hora do recreio. Mas era aniversário do cara, e Marlon não iria estragar a festa. Bacana, Luisão. Bem bacana. Só não entendi quem é Luluf. "Quem?" Luluf. Está no convite. Arte urbana ao vivo, com Luluf. Luís caiu na gargalhada. "Como você é caipira, Marlon! Não é Luluf. É LooloF!" O sotaque britânico incrementou a pronúncia, mas de nada serviu para esclarecer Marlon. Ok, LooloF. Mas quem é LooloF? "Sou eu, Marlon. Não sacou? Luís Ferraz, Lu Ferraz, Lu F, LooF, LooloF." Você? "É. A partir de agora, assino meus projetos pessoais assim. LooloF." LooloF. Legal. Que legal. Nossa, muito legal. LooloF. Jesus todo-poderoso. LooloF.

Marlon percebeu, então, que Fefê e Luís... Desculpe, desculpe. Que Fefê e LooloF também sorriam o tempo todo. Não o sorriso simplão e escancarado do porteiro. Um outro modelo, bem mais sofisticado. Disfarçado, arrogante. Mas, ainda assim, um sorriso. Bezerra, Fefê e LooloF sorriam o tempo todo. Bezerra, Fefê e LooloF eram felizes. Para atingir o "estado de uma consciência plenamente satisfeita", no entanto, cada um se valia da própria estratégia. A namorada e o amigo? Imaginários alucinógenos a fim de dopar a própria consciência, turvando sua percepção. E partiam para a ação sem nenhuma dificuldade. Fefê saqueava o vasto legado arquitetônico, enquanto LooloF surrupiava a paternidade das linguagens contemporâneas. Quando a consciência voltava a si — Surpresa! —, encontrava-se plenamente satisfeita, sem notar que se apropriara de coisas externas para sua atribuição de valor. Já Bezerra aplicava técnica bem mais rústica. Mantinha a sua o mais estreita possível, para que uma simples transa na garagem fosse capaz de enchê-la até a boca. Funcionava também. Outra consciência plenamente satisfeita. Qual o ponto em comum entre os três? O fato de que, quanto menos consciência — seja por diminuição, seja por drible —, mais perto da felicidade estamos. Ou seja, esqueça o dicionário. A felicidade dos dias de hoje nada tem a ver com consciência. Nem com felicidade. Significa um banal "estar contente". "De bem com a vida", custe o que custar. Evite confrontos, incômodos ou riscos. Aceite apenas aquilo que lhe é agradável, contente-se consigo próprio. O resto? Finja que não vê. Finja que não vê. "Nada mais deve ser tentado." Bezerra, Fefê e LooloF eram felizes. Eram, sim. Pitusco também. É, Pitusco. Também era feliz. Que Pitusco? Pitusco, o velho vira-lata de Alvinópolis. Viveu seus quinze anos tranqüilo, no quintal. Sem confrontos ou riscos. De incômodo, só uma pulguinha aqui, outra ali. Arrogante, acreditava-se o dono do pedaço. Estóico, satisfazia-se com um osso qualquer. Sempre sorrindo. Quinze anos de bem com a vida, até acordar, morto, num sábado. Bezerra, Fefê, LooloF e Pitusco. Quatro felizardos que alcançaram a "meta das metas".

    Marlon sentiu-se isolado. Não, não, não. Precisava dar um jeito naquilo. Fazer parte do grupo. Ser feliz também, nem que só um pouquinho. E, rapidamente, na falta de um hobby ao ar livre ou barra de chocolate por perto, levantou-se até o barman e entornou três doses de vodca.

"Parecia-lhe que muito facilmente as pessoas se curvavam diante do espiritual se este morava, com estrela e título, em uma casa de arte com escadas imponentes."

THOMAS MANN

5 Como Marlon Brando buscou se constituir num elemento transformador dentro do mundo globalizado

Sejamos, porém, francos e honestos neste livro. Se hoje é possível apresentar os capítulos anteriores com tamanho vendaval de críticas e sarcasmo, isto se deve, exclusivamente, ao fato de terem sido escritos muitos anos depois. À época dos acontecimentos, tais opiniões de Marlon Brando não passavam de breves rascunhos. Quando muito. Verinha era uma equivocada? Você também, Marlon. Assuma. Claro, não chegava nem perto do zero absoluto da moça. Mas, assuma, era bastante equivocado. LooloF e Fefê se apropriavam de coisas externas para lhes atribuir valor? De novo, Marlon. Para que fingir? Você também fazia o mesmo. Sinceridade, Marlon. Sinceridade.

Exemplos? Ok. Exemplos. Comecemos pelo trabalho. No semestre final da faculdade, conseguiu estágio num grande estúdio de design. Lavrou, lavrou, lavrou e, enquanto LooloF executava sua primeira performance de arte urbana, já havia subido três vezes de cargo, chegando a assistente direto de Vini, um dos sócios. Admirava o talento do chefe, evidente. Mas não apenas o talento. Tomava-o como um modelo aspiracional completo. Sofisticação cultural, êxito financeiro. Grandes projetos. A rotina dividida entre importantes reuniões e entusiasmados arroubos de criação visual. Até a vida pessoal do patrão, da qual Marlon efetivamente nada sabia, era considerada das mais incríveis. Se este percebia a enorme influência que exercia sobre o pupilo? Infelizmente, não sabemos. O certo é que o tratava com razoável generosidade e atenção. Mesmo às terças e quintas quando, por conta da amante, encerrava o expediente às quatro, deixando uma pilha de projetos para Marlon resolver. E Marlon resolvia, sem achar ruim. Varar a noite? Ora, varar a noite não era nada. Perto da grande oportunidade que Vini lhe dava? Não era nada. Não, não se tratava do emprego em si. Nem de crescimento profissional ou salário. Tudo isso era bobagem. O que havia ali de tão valioso era maior. Bem maior. A inédita sensação de pertencer a algo que todos admiravam, após longa existência afundado na mediocridade. Marlon apropriou-se de Vini e seu estúdio como partes dele mesmo. Automaticamente, imaginou-se também objeto de admiração geral. E, pela primeira vez, sentiu orgulho de si próprio.

Muito orgulho. Varar a noite? Feliz da vida. Lembra daquela época, Marlon? Você achava que aquilo tudo era seu. Que aquilo tudo era você. Lembra?

Com os pais da Fefê, igualzinho. Igualzinho. O sofisticado e bem-sucedido casal Ricardo e Malu. Sempre em festas, vernissages. Feriados na fazenda, soirées na Sala São Paulo. Acolheram o novo namorado da filha com simpatia e educação. Mesmo assim, Marlon não conseguia ficar à vontade. Não sabia o que fazer com tantos talheres, não encaixava um assunto. Também, pudera. Era inferior. Uma pessoa inferior. Tinha certeza. Muito mais tarde, descobriu ser esse mesmo o objetivo daquele casal de aparência tão nobre. Bombardear um insuportável ar esnobe, em hábitos e itens de consumo, como afirmação ininterrupta de elevado status social. Sob o disfarce da polidez, escarneciam impiedosamente da pouca habilidade do rapaz. Funcionava. Marlon sentia-se terrivelmente deslocado e inferior, acuado macaquinho de circo entretendo a corte de Versailles. Malu querida, nossa filha arranjou um namoradinho tão exótico, não? É, Ricky. O coitado não sabe o que é foie gras, Tate Modern ou Gershwin. Uncroyable. Outra taça de Sauternes, Malu? Please, darling. Please.

Mas, novamente, Marlon não desisitiu. Venceria os degraus, um por um, até o cume em Alto de Pinheiros. Jurara a si mesmo conseguir compartilhar com Ricky e Malu aquele modo de vida superior. Seria como eles. Seria, sim. Arregaçou as mangas, dedicou-se à tarefa com afinco e, com o tempo, nosso competente macaquinho já era capaz de imitar os procedimentos básicos do casal. Por tabela, de sentir-se o novíssimo membro de tão requintado clã.

Efeito colateral lógico, as visitas a Alvinópolis escasseavam em progressão geométrica. Faltava tempo, sobrava vergonha. É, vergonha. Tudo o que aprendera sobre sua inquestionável pequenez fora, rapidamente, transferido aos próprios pais. Música sertaneja, reuniões em torno da tevê. Chinelos Rider. Pizzas de frango com catupiry. Urgh. Que horror. Nunca mais, nunca mais. Ele mudara. Evoluíra. Agora, preferia acompanhar sua nova família a badalados eventos. Como o daquela quinta à noite. Cocktail de lançamento do livro *Você não é um limão, é uma limonada*, escrito por um amigo de Malu, conhecido publicitário.

O livro, em si, era uma bomba. Série de dicas sobre como "levantar o astral" ante as adversidades da vida. Jóias como "vá a festas em que foi convidado por engano e dance até o sol raiar", "aproveite um pé na bunda para sair por aí conhecendo gente nova" e outros clichês com altíssima densidade de idiotice, costurados por piadinhas infelizes e projeto gráfico de pretensões modernosas. Uma bomba. O cocktail? Mesma coisa. Outra bomba. Reunião de pessoas que, como ele, portavam-se com extrema compostura sem, no entanto, demonstrar nenhum prazer genuíno em estar lá. Mas Marlon achava o máximo. O máximo. Talvez, um dia, eu escreva um livro para, quem sabe, lançá-lo num evento bacana como este. Talvez.

O auge da empolgação, contudo, deu-se no dia seguinte. Ao voltar do trabalho, recebeu, das mãos de um Bezerra que, esbaforido e sorridente, retornava ao posto abotoando a camisa, o jornal. Ainda no elevador, constatou que famoso escritor dedicara toda sua coluna semanal à cobertura do evento. "Quem interessa em São Paulo compareceu, ontem, ao lançamento de *Você não é um limão, é uma limonada*." Imagine só. Quem interessa em São Paulo. Ele. Ele mesmo. Marlon Brando. Interessa, junto a seis ou sete dezenas de eleitos. Nem a ciência de que o colunista derretia-se em elogios simplesmente por ter sido colega de escola do autor limoeiro em Araçatuba, nos anos 60, demoveu Marlon da comoção. Quem interessa em São Paulo compareceu, ontem, ao lançamento de *Você não é um limão, é uma limonada*. E eu, Marlon Brando Fuzetti, estava lá. Eu.

Ainda sob a estonteante fumaça da glória, sentou-se ao computador. Quem interessa em São Paulo compareceu, ontem, ao lançamento de *Você não é um limão, é uma limonada*. Uma única nova mensagem. *Pedido de ajuda*, enviada por Rovzz3000. Quem interessa em São Paulo. Spam. Rovzz3000? Só pode ser spam. Não conheço nenhum Rovzz3000. Quem interessa em São Paulo. Mesmo assim, clicou.

"Fala, Cebola!

Faz tempo que não nos vemos, hein? Precisa colar mais aqui em Alvincity! Reencontrar a galera! Semana passada topei seu pai na padaria, ele me passou este endereço. Disse também que você os tem visitado pouco. Mas, quando aparecer, não deixe de me ligar. Agente combina uma cervejinha no trailer do Marreco com a rapeize. Que tal? Como nos bons tempos.

É o seguinte, queria lhe pedir uma ajuda. Decidi enveredar por esse caminho mais criativo de trabalho, igual a você, tá ligado? Desenho, computação gráfica. Para isso, matriculei-me num curso que abriu aqui, no Ruy Barbosa. À noite, pois ainda não dá para largar o trampo na revenda. Uma coisa de cada vez, meu velho. Uma coisa de cada vez. As aulas começaram mês passado e, na terça, preciso entregar o primeiro trabalho. Mas estou perdidão, cara. Perdidão. Nem sei por onde começar. Aí pensei: por que não pedir ajuda ao meu amigo Cebola, que está arrasando em São Paulo? Com certeza. Eis o enrosco: 'Você acha mais válido fazer a identidade visual de uma cafeteria que existiu, que existe ou que não existe? Por quê?' Você me ajuda? Não faço idéia do que responder. Valewzaço, brother. Valewzaço. E não se esqueça: quando colar por aqui, me ligue para marcarmos um Marreco.

Abraço, Rovílson."

Rovílson. Rovzz3000 era o Rovílson. Coitado. Coitado. Conheciam-se desde pequenos. Ex-vizinhos, ex-companheiros de classe. Ex-melhores amigos.

Desde que viera a São Paulo, no entanto, o contato foi minguando, minguando, até se extinguir por completo, três ou quatro anos atrás. Enquanto Marlon reescrevia sua vida, o pacato Rovílson deixara-se quedar, imóvel, no lugar de origem. Bebendo no Marreco, repetindo velhos apelidos. Alvincity. Cebola. Marlon odiava o apelido de Cebola. Felizmente, tudo havia mudado. Ele não era mais o Cebola. Abandonara Alvincity. Não gastava mais tardes no mesmo trailer, em companhia das mesmas pessoas, a discorrer sobre os mesmos assuntos. Pobre Rovílson. Mofando na revenda de tratores do pai, escrevendo gírias péssimas como "rapeize" e "valewzaço". Completamente sem perspectivas. Coitado. Agora, a tardia tentativa de "enveredar por um caminho mais criativo". Não iria dar em nada, estava na cara. Por que se iludir? Ainda mais com um curso no Ruy Barbosa, escolinha mequetrefe. Por que se iludir? Pobre Rovílson.

Comovido, Marlon rapidamente pôs-se ao trabalho e, em menos de meia hora, confeccionou longa e embasada resposta. Ainda que "você acha mais válido fazer a identidade visual de uma cafeteria que existiu, que existe ou que não existe? Por quê?" fosse, certamente, uma das coisas mais imbecis que ouvira nos últimos tempos. Pouco importava. Estava decidido a proporcionar a Rovílson um momento de glória, mesmo minúsculo. E caprichou. Termos técnicos, palavras em inglês. Tudo para ajudar o velho amigo que ficara para trás.

Sejamos, porém, francos e honestos neste livro. Marlon adorou aquele e-mail. Adorou. Atestado incontestável de que ele, Marlon Brando, decolara. Ambos saíram do mesmo lugar, em igualdade de condições. Agora, enquanto Rovílson esgoelava-se para vender um trator ou responder a perguntas estúpidas, Marlon saboreava a inclusão no rol daqueles que "interessam em São Paulo". Simulava compaixão por mero condicionamento cristão aliado aos bons modos aprendidos com Ricky e Malu. Não, não o condene. Não. Afinal, fomos todos ensinados a escamotear a própria vilania. Se Marlon assume, assuma você também. Sinceridade, leitor. Sinceridade. Pobre Rovílson. Só eu posso ajudá-lo a experimentar a glória, caprichando no texto. Pobre e inferior Rovílson. O coitado não sabe o que é foie gras, Tate Modern ou Gershwin.

Uncroyable.

*"Os versos que recitas, oh Fidentino, me pertencem.
Mas ouvindo-o recitar tão mal, quase me inclino a crer que são teus."*

MARCIAL

6 Projetos selecionados e comentados

Este livro se chama *Marlon Brando, vida e obra*. Sim, às vezes parece apenas *Marlon Brando, vida*. Mas não. O correto é *Marlon Brando, vida e obra*. Portanto, para suprir tal deficiência, hora de dedicar, integralmente, um capítulo à obra visual do jovem Marlon. Evitaremos, contudo, detalhar a lida diária na assistência de Vini, onde ele funcionava como mero suporte operacional. Foco sobre sua real produção. Sobre projetos desenvolvidos por conta própria, sem nenhuma supervisão ou direcionamento, em paralelo à rotina do estúdio.

Acredite, a lista é vasta. Vastíssima. No entanto, para manter ágil a narrativa, selecionamos um único estudo de caso, considerado pelo biografado como o mais representativo do período.

Berinjela, antigo colega de faculdade, costumava afirmar categoricamente: para se dar bem na vida é preciso ter contatos. Escolher e cultivar laços sociais guiando-se por seu "potencial de negócios" para, posteriormente, colher o retorno material palpável. Relacionarmo-nos com as pessoas nas mesmas bases que propomos a nosso liquidificador ou qualquer outro objeto utilitário. Nada de novo, a prática é milenar. Mas só há pouco parece ter sido moralmente assimilada, recebendo, em português contemporâneo, o nome de networking. Ao descer a rua Jaguaribe, Marlon lembrou-se de Berinjela. Para se dar bem na vida é preciso ter contatos. É isso aí, Berinjela. É isso aí. "Quanto tempo, garoto! Bem-vindo a minha padaria!" Gilberto, primo distante de sua mãe, acolhia-o com efusivos abraços. "Como cresceu, moleque! Conheci você assim, ó, desse tamaninho. Não lembra? Faz tempo, muito tempo. Papai tá bem? Mamãe? Que bom, que bom. Mande abraços a todos. Tia Ida me contou que você estava em São Paulo, mexendo com essas coisas de propaganda, computação. Não afrescalhou não, né? Ainda bem. Você sabe, tem muito afrescalhado nessa área. Olha só, preciso dar uma incrementada aqui. Não precisa ser vidente para perceber, não é? A padaria está caidaça, garoto. Caidaça. Veja o letreiro. Três letras faltando. Ja ua i e? Não dá. É Jaguaribe. Jaguaribe Pães e Doces. Tudo muito caidão. Também, a última reforma tem treze anos. Acredita? Treze anos. Preciso dar uma incrementada.

Então pensei: por que não chamar o Marlon? Alguém que entenda dessas coisas. E aí? Dá pra incrementar esta bagaça?"

O que é isso? Pelo amor de deus! O que é isso? Não funciona assim. Definitivamente, não funciona assim. Não, não, não. Assisti a aulas e palestras. Estudei nos livros. A solicitação de um projeto ocorre numa reunião formal, com pompa e termos apropriados. "Caro designer, sua visita é uma honra. Sente-se aqui, nesta enorme mesa de reuniões. Café expresso? Água com gás? Vamos falar de negócios. Preciso de um programa de identidade visual para minha empresa. Por isso contactei você, profissional ultracapacitado. Salve-me, por favor." Esse era o jeito certo. Está tudo lá, nos livros, aulas e palestras. Eu juro que está. Eu juro! Eu juro! Eu... Calma, Marlon. Calma. Ninguém está lhe chamando de mentiroso. Acreditamos em suas palavras. Calma. Mas é preciso encarar a realidade: você se encontra de pé no meio da calçada, em Santa Cecília, chamado para "incrementar a bagaça" porque "mexe com essas coisas de propaganda, computação". Não, não pode ser. Sou designer. Designer. Diplomado. Onde está a enorme mesa de reuniões? E o café expresso?

Vencido o primeiro impulso (mandar o primo enfiar as seis letras restantes da fachada no meio do cu), Marlon ponderou. No fim das contas, é uma oportunidade. Um contato. Networking. Assim é que se começa. E topou. Dá para incrementar sim, Giba.

Deixe comigo. "Beleza, garoto! Beleza! Você agiliza pra segunda-feira? Estou com muita pressa. Muita. Depois a gente acerta, tá? Tudo em família, né, garoto? Mande um abração para os seus pais, hein? Não se esqueça." O primeiro impulso ressurgiu, dessa vez contemplando todo o alfabeto. Não bastava, por "mexer com essas coisas de propaganda, computação", ter sido convocado para dar "uma incrementada na bagaça". Como arremate, não havia prazo nem dinheiro. Novamente Marlon se conteve. Networking, networking. Segunda-feira, Giba. Tranqüilo. Tudo em família.

Mesmo longe de sentir-se lá muito valorizado, decidiu seguir com rigidez a correta metodologia de projeto. "O primeiro passo é conhecer, a fundo, o negócio do cliente. Detectar público-alvo e seus anseios." Para tanto, passou o sábado inteiro, nove às nove, plantado no balcão. O "público-alvo" entrava e saciava os anseios. Coxinha, café, cerveja, sorvete, pão francês e outros tantos itens similares. Muito interessante. Muito interessante. Uma vez encerrada a imersão, Marlon documentou suas penetrantes observações. Objetivo do projeto: redesenho da marca Jaguaribe Pães e Doces. Perfil do cliente: estabelecimento comercial voltado ao setor alimentício, atentendendo majoritariamente a população da região na qual se localiza. Público-alvo: classes BC, 25 a 60 anos. Ponto final. Brilhante síntese de doze horas do mais profundo aprendizado.

Estabelecimento comercial voltado ao setor alimentício. População da região na qual se localiza. O que raios faço com isso? Passava das quatro da tarde de domingo, e Marlon não avançara muito. Primeiro, ainda pela manhã, pensara num pão. Como símbolo de uma padaria, um pão. Executou alguns estudos, mas logo desistiu. Pão é clichê. Eu não. Não sou clichê. Passou, então, a analisar o relatório do dia anterior. Classes BC. População da região na qual se localiza. O que diabos faço com isso? Não chegava a conclusão nenhuma. Como escapar do lugar-comum? Jaguaribe Pães e Doces. Pães são clichê. Doces, também. Sobra Jaguaribe. Mas Jaguaribe não passa do nome da rua. Abriu livros de design, à caça de idéias. Processo de cópia sabiamente disfarçado sob a alcunha de "busca por referências". Não funcionou. Tentou técnicas de brainstorming. Zero. Começava a ensaiar um telefonema ao primo, a fim de suplicar por mais prazo, quando... Jaguaribe: jaguar. É isso! Jaguaribe: jaguar. Um jaguar! Pôs-se, então, a desenhar febrilmente. O felino surgiu agressivo, em posição de ataque. Agora sim! Que idéia original. Um enorme jaguar saltando por trás de sinuosa faixa "Jaguaribe Pães e Doces". Agora sim! Faltava, porém, o mais importante. Seu toque pessoal. Algo que funcionasse como inconfundível assinatura. Esta marca foi criada pelo fantástico designer Marlon Brando. Arriscou um jaguar caolho. Estranho, bem estranho. Com um pão na boca? Não, nada de pão. Nada de pão. Que tal óculos escuros?

Ridículo. E se for vermelho? Opa, opa. Vermelho. Boa. Um jaguar vermelho. Aplicou magenta e pôs-se a admirar o resultado final. Sensacional. Sensacional marca criada pelo fantástico designer Marlon Brando.

"Uma onça?" Não, não é uma onça, Giba. É um jaguar. "Jaguar? Por que um jaguar? Eu imaginava um pão." Não, Giba. Isso é batido demais. "É?" É. E Jaguaribe: jaguar. Entendeu? "Entendi. Mas vermelho?" Vermelho. "Por que vermelho?" Por que vermelho? E agora? O real motivo não iria colar, de jeito nenhum. O primo insistia. "Não fica esquisito, Marlon? Um jaguar vermelho? Achei a idéia boa. Jaguaribe: jaguar. Mas será que não é melhor um jaguar normal? Vermelho talvez a freguesia estranhe." Preciso inventar alguma coisa, urgente. Jaguaribe, jaguar vermelho, Jaguaribe... Ibe. O ibe. "O ibe?" Claro, Giba. Ibe é vermelho. "É?" É. Em tupi-guarani. Jaguar-ibe significa jaguar vermelho. "Sério? Que legal, gostei! Jaguar vermelho. Tem talento, hein, garoto? Vem cá, hoje o lanche é por conta da casa. Jaguar vermelho. Acredita que eu não sabia disso?" Projeto aprovado, Marlon sorriu. E saboreou seus honorários, apesar do pão esturricado e da mortadela gordurenta.

Caso queira conferir, o inconfudível jaguar vermelho ainda resiste, dez anos passados, na esquina da rua Jaguaribe com a Cesário Mota. O Berinjela também. Ainda resiste, caso queira conferir. Instrutor de auto-escola em São Bernardo. Claro que nenhum dos dois ostenta as cores viçosas de outrora, um tanto desgastados pelo tempo. Mas, firmes e fortes, ainda resistem.

"Constituída a reputação de um quadro, que importa o estado a que pode ser reduzido? Poucas pessoas são tão desprovidas de imaginação a ponto de não poderem adorná-lo com as belezas que lhe sabem atribuídas."

JOHN RUSKIN

7 Sucesso

Lágrimas escorriam pela face de Marlon Brando.

Se ele estava triste? Não, não. Longe disso. Alegria? Errou. Emoção? Tampouco. Ué. Então, por que diabos lágrimas escorriam pela face de Marlon Brando? Olha, para dizer a verdade, nem ele mesmo sabia.

À sua frente, *La gare Saint-Lazare*. A seu lado, Fefê. Assim que depositaram as malas no hotel, a moça abalou rumo ao Musée d'Orsay. Paris! Cultura! Paris! Cultura! Vencida a catraca, atravessaram inúmeros corredores com pressa e desinteresse. "Procure os destaques no mapinha, Marlon. Os destaques." Os destaques? Deixe-me ver... Último andar, Fefê. Último andar! Mais corredores, pressa e desinteresse. "Aqui, aqui! Sala trinta e sete." À primeira bailarina,

Fefê convulsionou de prazer. "Degas!" Sala trinta e seis, "Cézanne!" Trinta e cinco, "Le docteur Paul Gachet!" Finalmente, na trinta e dois, arranjaram uma brecha em meio à japonesada tirando fotos pelo celular e postaram-se em frente ao quadro de Monet. "*La gare Saint-Lazare*, Marlon! Que máximo! Um Monet de verdade, na nossa frente. Estou toda arrrepiada! Repare na magistral fusão da fumaça das locomotivas às nuvens do céu." E o tema, Fefê? Não é incrível, ele ter escolhido uma estação ferroviária? "Incrível Ma, incrível. Essa busca pela verdade do instante, sem se preocupar em alcançar a perfeição das pinturas acadêmicas de contornos nítidos." Isso mesmo! Revelar as diferentes tonalidades que o mundo adquire à luz do dia. Etcetera, etcetera, etcetera. Quando, enfim, concluíram satisfeitos a mútua demonstração de erudição, pularam à segunda etapa do protocolo: exibir profunda sensibilidade. Em silêncio, olhos na tela. Olhos na tela. Fefê suspirava, sobrancelhas franzidas. Marlon imitava. Quanta emoção. Quanta emoção. De repente, ele ouviu um soluço. Fefê, nível avançado, começara a chorar. Conseguia, assim, ampliar o espectro de alcance do espetáculo. "Olhe só aquela garota! Tão culta, tão culta, que Monet a leva às lágrimas." Sem contar que tal atitude renderia assunto para o próximo jantar de casal. "Ai, menina, você não sabe. Quando dei de cara com *La gare Saint-Lazare*, não me contive." Marlon espantou-se. Imaginava que os sonoros suspiros bastassem. Chorar? Chorar não estava em sua programação. Mas não queria parecer bronco. Não, de jeito nenhum. Sou sensível também. Culto e sensível. Estou em frente a um Monet "de verdade". Quanta emoção. E foi então que lágrimas escorreram pela face de Marlon Brando.

    Claro, a menção à fumaça das locomotivas ou ao tema ferroviário não constituía um fruto genuíno da análise do quadro. Muito menos as impactantes frases do tipo "busca pela verdade do instante". Claro que não. Toda opinião de Marlon e Fefê sobre Monet fora cuidadosamente decorada, inequívoco sinal de tratar-se de dois jovens bem informados. Mesma coisa quanto ao que aparentavam sentir. Afinal, não basta saber o que se deve comentar ante um Monet. Não. É preciso também estudar o sentimento apropriado. Uma espécie de etiqueta do sentir, se assim podemos denominar. Ao topar, frente a frente, com algo que lhe ensinaram ser uma obra-prima, não titubeie. Emocione-se. Suspire. Chore. Por quê? Porque, se não fizer, o tomarão por ignorante. Mas aquilo não lhe diz, efetivamente, nada? Não importa. Concentração, concentração. Suspire, chore. Fique arrepiado. E, não menos importante, conte a todos. Afinal, o objetivo maior da experiência é o preenchimento de currículo. "Marlon Brando Fuzetti. Nascido a 5 de abril em Alvinópolis. Informações complementares: viu um Monet 'de verdade' em Paris, comentou-o com frases adequadas e demonstrou profunda sensibilidade artística ao chorar." Currículo. Não é à toa que, seja no Orsay ou em qualquer outro similar, corredores vazios contrastam com hordas se acotovelando próximo aos "destaques". Os "destaques". Que "destaques"? De quem? Em outras palavras: será aquilo que consideramos como nosso discernimento, realmente nosso? Ou apenas nos acostumamos a assimilar tudo, venha de onde vier, como autêntica percepção sensorial? A grama é verde, o fogo é quente, Monet é gênio. Lá estavam Marlon e Fefê, chorando de emoção defronte à *La gare Saint-Lazare*. Um Monet "de verdade". Aliás, ainda bem. Alguma coisa tinha que ser de verdade naquela cena.

Encerremos, porém, tais digressões. Houve muito mais nas duas semanas que o romântico casal passou em Paris. Muito mais. Esqueça, contudo, os lugares "turísticos". Torre Eiffel, Arco do Triunfo, Notre Dame? Esqueça. Fefê tinha horror. "Nem pensar, Marlon. Nem pensar. Lá, só dá brasileiro." Quando cruzava com um grupo de patrícios conversando em língua nativa, rapidamente fechava a boca. Ou passava a falar inglês. "Que cafona essa brasileirada. Que cafona." Mas Fefê, nós somos o quê? Belgas? A moça não dava ouvidos. Preferia sentar-se num café "freqüentado por Sartre e Simone" e abrir sorridente a planta da cidade. "Como é boa a sensação de sair pelo mundo, sem rumo!" Sem rumo, Fefê? Como assim, sem rumo? Nosso hotel fica a duas quadras daqui. Pago pelo seu pai, inclusive. "Como é bom! Livres!" E seguia a locais que constavam de qualquer guia turístico, ostentando o ar triunfante de quem desbrava os mais selvagens recônditos. Já no final da estadia, redirecionou. Preferiu canalizar a liberdade restante na dedicação às compras, torrando considerável soma no cartão de papai Ricky. Marlon, com orçamento mais modesto, limitou-se a um sapatênis Diesel laranja que, para seu imenso desgosto, encontrou à venda na Nôa-Nôa do shopping Villa-Lobos menos de um mês depois.

E, de sacola em sacola, correram os dias. Hora de voltar para casa. Como o vôo partiria somente às onze da noite, decidiram matar o tempo numa brasserie. Na metade da segunda garrafa de vinho, Marlon já estava completamente bêbado, mal respondendo aos comentários da namorada sobre os demais acontecimentos daquele janeiro. Verinha mudara-se para Barcelona... estudar dança flamenca. E as juras de amor trocadas com LooloF? "Vou repetir o que ela me disse: 'Ah, Fefê. Sou mutante, você me conhece. No mar, viro peixe. No deserto, viro areia.' Se bobear, já arranjou substituto por lá." É verdade. Mutante. Verdade. Sempre achei a Verinha parecida com um grão de areia. Mesmo jeitão. Mas dança flamenca? Eu nem sabia que ela dançava. "Não dançava. Contou que era um antigo sonho de Pietro, ex-namorado italiano. Parece que ele tinha ascendência cigana ou algo do gênero." Entendi. O cigano Pietro. Ela está feliz? "Radiante." Claro. Sair pelo mundo, livre. Sem rumo, né? Sem rumo. E LooloF? Arrasado? "Arrasado nada. Engatou aquela pós na Saint Martin's. Muda em março." Em março? "Em março. Imagine, três anos em Londres. Não é um sonho?" Um sonho, claro. Um sonho. Ladies and gentlemen, live urban art performed by LooloF. Bela história de amor a dos dois, não? Belíssima. Sólida, profunda. Vou tomar só mais meia taça, tá? Já estou pra lá de Marrakesh. Ou é de Bagdá? Enfim, seja de onde for, já estou pra lá. Só mais... Ai! Ai! "Pardon!" O súbito tranco despertou-o momentaneamente. Uma minúscula velhinha, ao tentar ajeitar-se na mesa ao lado, dera com a bengala em seu joelho. Marlon sorriu um "não foi nada" e passou a encará-la. Coitada. Sozinha, num domingo à tarde. Chegando ao fim da linha. Quanto contraste. Eu aqui, jovem, tantos planos pela frente. Naquela brasserie, os dois extremos da existência encontravam-se, separados por mísera dezena de centímetros. De um lado, o melancólico café mudo, enrugado. Do outro? Ele. O reluzente Marlon Brando. Eu consegui. De Alvinópolis a São Paulo, de São Paulo a Paris. Da Ritinha padeira à bem-nascida Fefê. De *Manhã de primavera* a Monet. Eu consegui. De Cebolinha cover ao estúdio de Vini. Da caipiragem de Lourdes e Gilmar ao *cosmopolitan lifestyle* de Ricky e Malu. Do Jornal Nacional ao cocktail de *Você não é um limão, é uma limonada*. Do x-tudo no Marreco, com Rovílson e Rubinho, a bistrôs de cozinha contemporânea, com casais amigos. Eu consegui. E não volto mais. Nunca mais. Agora, esse é o meu mundo. Meu.

Eu consegui. Nunca mais serei o mesmo. Graças a deus, nunca mais. Tudo deu certo. Você enche minha taça, Fefê? Até a boca, por favor. Acabou? Pede outra garrafa. Pede outra garrafa. Vamos comemorar, meu amor. Tudo deu certo. Tudo deu certo.

"Quando uma coisa vira um hábito, ela dá um jeito de manter-se a boa distância da verdade e dos fatos."

WILLIAM FAULKNER

8 Morte

E, então, tudo deu errado.

Primeiras metas alcançadas com êxito, Marlon Brando aprontara-se, cheio de autoconfiança, para o próximo passo. É agora. Hora do próximo passo, Marlon. Coragem. Vamos lá, é agora. Um, dois, três e... Cataploft.

Tudo deu errado.

Primeiro, o trabalho. Ora, se queria ser igual a Vini, não poderia passar a vida como seu assistente, certo? Óbvio que não poderia. Existe até uma lei da Física sobre isso. Dois corpos não podem ocupar o mesmo lugar, ou algo parecido. Era necessário sair de sua sombra, ter seu próprio estúdio. Suas próprias reuniões importantes e arroubos de criação visual. Seus próprios funcionários a idolatrá-lo. Sua própria amante de terças e quintas... Não, não. Peraí. Isso, não. Eliminemos a amante. Pelo menos, por enquanto. Por ora, bastam as reuniões, arroubos e puxa-sacos. De qualquer modo, se Marlon queria ser Vini, era necessário deixá-lo. E foi o que fez.

Para seu espanto, o chefe não sofreu. Pelo contrário. Ao ouvir de um Marlon emocionado o pedido de aviso prévio, apenas riu. Riu. Intercalou, claro, algumas educadas palavras de compreensão e estímulo. Mas riu. Por que diabos ele está rindo? Sou seu braço direito, estou me demitindo após três anos e meio juntos. Você deveria estar completamente desesperado. Não encostadão na cadeira, sorrindo. Sou eu, Vini. O Marlon. Estou caindo fora. Você tem que chorar, se descabelar. Não, desculpe, não quis ofender. "Descabelar" foi uma figura de linguagem. Sei que você tenta, a todo custo, camuflar a calvície. Só uma figura de linguagem, desculpe. Mas, mesmo tecnicamente impossibilitado de se descabelar, demonstre ao menos um mínimo de apreensão. Como vai viver sem mim? Como? "Estou torcendo para dar certo, garoto. Torcendo. E não se preocupe com o estúdio. Não, não. Eu me viro. Peço apenas que fique mais algum tempo. Para terminar os projetos em andamento, me ajudar no rearranjo do esquema. Tudo bem? E boa sorte. Boa sorte."

Duas semanas depois, Fefê terminou o namoro. Descrito assim, soa abrupto. "De repente, Fefê terminou o namoro." Não é verdade. Muito pelo contrário, aliás. Desde que voltaram de Paris, a relação descambara. Silenciosamente, por meses, tudo passara a acontecer em intervalos cada vez mais espaçados. Tudo. Das conversas frugais ao sexo. Até culminar no lógico e esperado desfecho. Fefê terminou o namoro.

Ah, mas você queria ouvir a história inteira? Por que resumir o processo a "Fefê terminou o namoro" em vez de descrevê-lo, em detalhes, neste livro? Calma, leitor. Calma. Não se adiante tomando este autor por incompetente. Dois motivos justificam, plenamente, a escolha. Dois. Para começar, um simples "não valeria a pena". Exato. Não valeria a pena. Pense bem. Páginas e páginas de monótonos "hoje não rola" e "me liga depois de amanhã"? Não, não valeria a pena. Como dissemos, foi lento, silencioso. Temos, então, o segundo, e talvez mais importante, motivo: foi tão lento e silencioso, mas tão lento e silencioso, que Marlon Brando não percebeu. Até aquele fatídico "eu queria conversar com você", acreditava estar tudo bem. Não estava, Marlon. Não estava, não. Cataploft.

Na inevitável noite em claro, reconheceu como fora tapado. Claro, é sempre fácil notar as sutilezas de um enredo após o final do filme. Enquanto ele planejava casamento para dali a dois, três anos, Fefê certamente já estava com outro cara fazia algum tempo. Como fui burro. O tal André. Com certeza. A cada dia, aumentavam as referências ao antigo colega de escola, reencontrado recentemente. "O André fez", "o André acha", "o André contou". Como fui burro. Puta que pariu, como fui burro. Se se tratava de um bem torneado bonitão? Não. Baixinho, meio dentuço. Jovem mente talentosa? Também não. Charme irresistível? Nada. Na verdade, era "filho de X e Y", tinha uma mansão em Trancoso "vizinha à do Nizan" e preparava-se para assumir a fábrica de parafusos do pai, após um MBA "na América". Aquela vaca. Trocou de namorado por status e poder. Piranha.

Alto lá, Marlon. Alto lá. Compreedemos seu momento difícil. E é natural que sinta raiva. Quem não sentiria? Mas a "piranha" encontrou, no tal André, simplesmente a mesma coisa que você nela. A mesmíssima. Status, poder. Você não se apaixonou por Fefê, Marlon. Não. Você se apaixonou pelo mundo de Fefê. Não sonhava em casar com ela. Sonhava em casar com o *cosmopolitan lifestyle* de Ricky e Malu. Com soirées, vernissages e fazendas. A Fefê? A Fefê era o de menos, Marlon. A Fefê era veículo. O encanto estava todo ao redor. Sentimos lhe informar, meu caro. Mas ela apenas repetiu, peça por peça, seus movimentos de três anos atrás.

Tudo isso era verdade. Sim, pura verdade. Mas, naquela noite, ele nada ouvia, ocupadíssimo em dividir seu tempo entre lágrimas copiosas e murros no travesseiro. Por que, Fefê? Por quê? Sua vaca. Volta pra mim, sua maldita vaca.

Passados os dias de autocomiseração — também inevitáveis —, acordou naquela segunda completamente perdido. Para onde ir? Na sexta, encerrara as pendências com Vini. Agora, lá estava ele. Nove da manhã, parado no meio da sala. Pensara que seria fácil. Tornar-se Vini. Bastava dar o próximo passo. Ele dera. E? E? Nada. Absolutamente nada. Projetos importantes? Nada. Êxito profissional, sucesso financeiro? Nada. Também, como eu conseguiria? Exibindo a marca da Jaguaribe Pães e Doces? Pedindo ao primo Giba que divulgasse meu contato entre seus colegas padeiros? Como fui idiota. Deus do céu, como fui idiota. Eu nunca conseguiria. Por isso, Vini gargalhou. Claro. "Você quer ser como eu? Que piada. É impossível, garoto. Você não passa de um caipirão. Que piada. Fiquei até sem ar, de tanto rir."

Onde estava Fefê? A programação cultural da semana? As reportagens que o informavam que ele, Marlon Brando, importava em São Paulo? Onde estava "seu mundo"? Como pudera desaparecer tão rápido? "Seu mundo." Outra piada. Como fui idiota. Já não era mais o cara engraçado. Continuava "diferente". Mas, desta vez, o termo adquirira caráter pejorativo. Fefê dera por encerrada a temporada no zoológico. O desfile ao lado daquele animal exótico vindo de Alvinópolis. Voltara para casa. Para seus pares. Como fui tapado. "Meu" mundo. Um parvenu, isso sim. Eu não passava de um parvenu de merda. Miserável parasita. Para onde ir? Pegou o telefone. Para onde?

"Alô?"... "Alô?" Mãe? "Marlon?" Oi, mãe. "Marlon! Meu lindo! Não acredito! Que bom ter ligado para sua mãe! Sinto tanta saudade, filho! Tanta saudade! Como você está, meu lindo? Tem se alimentado direito?" Tenho, sim, mãe. Tenho, sim. "E como andam as coisas? O trabalho, a namorada? Precisa trazer a moça um dia aqui, pra gente conhecer." Está tudo bem, mãe. Tudo bem. "Que bom. Deus lhe abençoe, meu lindo. Deus lhe abençoe." ... "Que vozinha murcha é essa, lindo? Está tudo bem de verdade?" Tudo, mãe. Tudo. Só liguei para dar um oi. "Adorei, filho. Adorei. E tenho a certeza de que, quando contar a seu pai, ele também vai adorar. A gente torce tanto. Ligue sempre que quiser, meu lindo. Rezo todo dia por você, viu? Todo dia. Peço muita alegria, muita saúde."... Obrigado, mãe. Mas vou indo. Só liguei mesmo para dar um oi. "Um beijo enorme, Marlon. E se cuida, menino." Pode deixar, mãe. Um beijo. Um beijo.

Para onde ir? Para onde? Sem Ricky, Fefê, Vini e Malu, não sobrara nada. A não ser "ele mesmo". E Marlon queria qualquer coisa. Menos "ele mesmo". Miserável parasita, agora sem hospedeiros. E desabou no tapete. Vou morrer, gritava. Vou morrer.

E, de fato, Marlon Brando morreu.

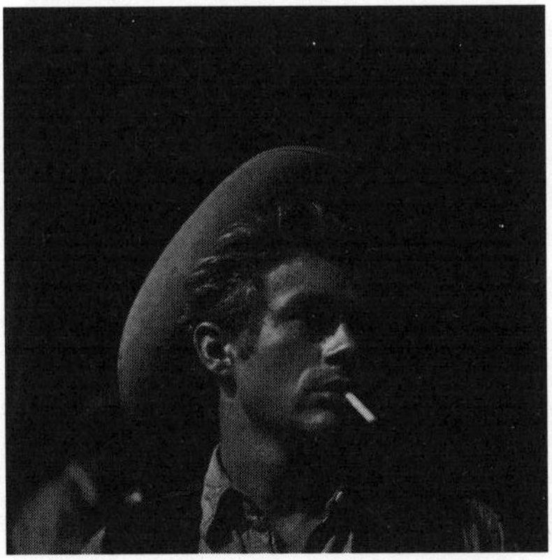

PARTE 2

"Eu é um outro."

ARTHUR RIMBAUD

1 Origens

Dez anos se passaram. E, evidente, Marlon não morreu naquela manhã de segunda. Ao menos, não no sentido literal. Caso contrário, de que maneira explicar o largo punhado de páginas restantes? Derradeira aposta deste livro na mais longa descrição de um velório jamais escrita como única chance de alcançar a posteridade? Não, não. Esqueça o Guinness Book. Dez anos se passaram, e lá está Marlon Brando. Vivo.

Vivo, porém, noutros termos. Fefê voltara? Não, nunca mais a viu. Vini? Também não. Se você deve preparar-se para uma seqüência melodramática? Marlon, desempregado, lutando por um prato de comida? Marlon, viciado em crack, trancafiado na cadeia? Marlon, suicida, no parapeito do... Ih, leitor.

Pare, pare. Tenha a santa paciência. Claro que não. Nada disso. Dez anos se passaram, e está tudo bem. Marlon é um bem-sucedido profissional. Ainda sem amante, verdade. Mas um bem-sucedido profissional.

Como? Como "como"? "Como ele conseguiu? Fazendo marca de padaria?" Não, não. Você subestimou nosso biografado. Entenda que, inexperiente, ele gastou toda a primeira parte aprimorando-se num caminho que, mais tarde, descobriu equivocado. Deu no que deu. Agora, escaldado, recomeçou exatamente o mesmo processo. Do zero. Mas, desta vez, noutros termos. Noutros termos. E demorou. Longos dez anos. Daí o salto cronológico, cujo breve resumo vem a seguir.

Para começar, o próprio nome. Já que não podia trocá-lo, decidiu inverter. Transformar Marlon Brando em algo positivo, usando a infeliz escolha de dona Lourdes a seu favor. Simples. Batizo meu estúdio com o título de algum filme do Marlon Brando original. Assim, parece que Marlon Brando não é meu verdadeiro nome, mas um apelido. Ou nome artístico. Entendeu a metáfora? Escritório: título do filme. Marlon Brando: ator principal. Entendeu? Faltava apenas escolher a obra. *Último tango em Paris Design*? Não. Péssimo. *Sindicato dos ladrões Design*? Ninguém vai confiar. *Don Juan de Marco Design*? Cafona, cafona. *Queimada Design*? Pra lá de duvidoso. *Face oculta Design*? Pior impossível. *Apocalipse Now Design*? Saco. Que saco. Talvez não tenha sido uma boa idéia.

De súbito, lembrou-se: o nome original de *Assim caminha a humanidade* era *Giant*. Giant! Giant Design! Perfeito! Rapidamente, bolou também a assinatura. Big ideas, giant results. Perfeito! Giant Design, by Marlon Brando. Big ideas, giant results. Em inglês, soa ainda melhor.

Corridos dois dias, já preparara o cartão de visitas e a papelada para registro do nome. Corrido um mês, estava tudo certo. Corrido um mês e meio, descobriu a burrada. Anta. Sou uma anta. Marlon Brando não atuou em *Assim caminha a humanidade*. James Dean. Foi James Dean. Puta que pariu, que anta. Mas era tarde. Já gastara todo seu dinheiro entre gráfica e cartório. Fica Giant mesmo. Só espero que ninguém me peça para explicar o porquê.

Não imagine, contudo, que a Giant Design emplacou logo de cara. Longe disso. Durante os dois primeiros anos, mal tinha dinheiro para almoçar e tudo indicava um final de história com Marlon, desempregado, lutando por um prato de comida. Ou viciado em crack, trancafiado na cadeia. Até que, de repente, foi salvo. Atingido por fulminante revelação e salvo. Soem as trombetas, soem as trombetas. Encontrou Jesus Cristo? Não, nada de Jesus. Che Guevara? Não, não. Roberto Justus? Desista. Foi o Ramos. O Ramos. A revelação que mudaria a vida de Marlon Brando ocorreu na cadeira de Ramos, seu barbeiro.

"O de sempre, Marlon?" O de sempre, Ramos. "Não quer tentar outro corte? Dar uma variada?"

Não, Ramos. O de sempre. "Tem certeza?" Tenho. "A turma tem pedido luzes. Na franja. Fiz um curso, mês passado. Balayage. Só na franja, chama-se balayage surf." Não, Ramos. Não quero fazer luzes na franja. Pelo amor de deus. Quero o de sempre. "Tá bom, tá bom. Só comentei. A turma tem pedido muito. Na franja. E, nesse curso, aprendi a técnica. Balayage." Ramos, por favor: o de sempre. Amuado, o barbeiro iniciou os mesmos movimentos que repetia desde que Marlon chegara a São Paulo. Luzes na franja. Só faltava essa. Não bastasse ir para o buraco, ainda querem que eu afunde com visual pagodeiro. Só faltava essa. O cabelo é meu, ora. Dane-se que o cara fez o tal curso de balayage. Isso lá é motivo para eu passar vexame? Luzes na franja? Pelo espelho, observou Ramos, ainda frustrado, executando seu ofício. No fundo, ele pouco se importa comigo. Quer apenas exibir suas novas habilidades. Se vou ficar ridículo, não faz a menor diferença. Nem aí, o egoísta. Mas, pensando bem, no fundo eu também pouco me importo com ele. Mero instrumento que pago para fazer as coisas do meu jeito. Qual dos dois está com a razão? Eu, claro. Como já disse, o cabelo é meu. Estou com a razão. Eu, o egoísta. Porque ele também está com a razão. Também. Afinal, fez um curso. Tenta se aperfeiçoar, evoluir. Expressar-se através do trabalho. Está com toda a razão. Vai, Ramos, se solte! Pegue meu cabelo e mostre tudo o que você sabe, tudo o que você é! Estraçalhe na balayage! Vai, Ramos! Eu faço igualzinho a você. Claro, meu vocabulário é diferente. Mas não se engane. Faço igualzinho a você. Igualzinho. Busco, sem descanso, mostrar tudo o que sei, tudo o que sou. Por quê? Sei lá o porquê. Sei lá. Todos tentam, não? Tentam, sim. Faz parte da vida. Empurrar, ininterruptamente, nossa balayage surf aos outros, enquanto eles fazem o mesmo conosco. Ante uma recusa, sofremos. Faz parte da vida. Motivo pelo qual a vida não funciona. Não, não. Assim, não tem mesmo como funcionar.

 Por que a necessidade de afirmar minha existência através do que faço? Por que "me expressar"? É inviável. Por isso a Giant não decola. Por isso. Se eu me limitasse a dar às pessoas exatamente o que elas querem, do jeito que querem, pronto. Pronto. Funcionaria. Basta disfarçar. E disfarçar bem. Muito bem. Afinal, todos almejam ser abastecidos daquilo que já têm, desde que venha revestido com verniz exclusivo e inovador. Meu corte de cabelo, por exemplo. É o mais comum possível. Mas eu não acho. Finjo que é "meu" corte. "Meu" estilo. O Ramos? "Meu" barbeiro. Tudo "meu". Pffffff... Não, não. Por isso a Giant não decola. Puta merda, agora entendi. Preciso apenas... O quê? Ah, o espelho. Está ótimo, Ramos. A costeleta também. Ótima. Como sempre. Só você acerta meu cabelo, hein? Só você. Grande Ramos. Grande Ramos. Vinte, né? Está aqui, vinte.

 Encontrada, pois, nova hipótese sobre a qual dissertar seu destino, Marlon pôs mãos à obra. Substituiu a velha pasta com projetos desenvolvidos por um texto, pretensamente denso, mas que não passava da coletânea de chavões sem sentido. "Construção de valor", "estratégia de marca", "cenário competitivo". Baseado unicamente no critério aparência, contratou duas estagiárias que carregava às reuniões, apresentando-as como, respectivamente, diretora de atendimento e gerente de planejamento da Giant. Ele? Marlon Brando, VP de criação. Todos os três empunhando inseparáveis malas para laptop. Malas para laptop vazias, vale dizer. No trajeto, o sábio ensinava às mocinhas da Faap: é preciso impressionar o cliente. Uma vez contratado, tornava-se mero executor das sugestões aventadas pelo solicitante. Mas incrementava a apresentação, inventando um longo percurso, misto de arte e negócios, como tortuosa demonstração de tal conclusão, para simular complexidade. O i é amarelo, vermelho simboliza paixão, "o cenário competitivo", etcetera. A platéia adorava. Também, não poderia ser diferente: aplaudiam a exibição da própria idéia, em versão dourada. Marlon servia apenas como mestre de picadeiro, travestido de profissional. E, de pantomima em pantomima, engrenou. É, acredite. Engrenou. Era possível "colher o fruto sem plantar a árvore". Aliás, parecia que só assim era possível. Com o tempo, o endereço da Giant Design já não trazia mais o complemento "fundos". Nem seu staff restringia-se a duas estagiárias com tailleurs C&A pendurados no cabide do banheiro.

Logo, aqui estamos, dez anos depois. Marlon? Um bem-sucedido profissional. Tudo deu certo, tudo deu certo. E fique tranqüilo: o capítulo seguinte não começará com "e, então, tudo deu errado." Não. Não desta vez. Marlon reconstruiu tudo, noutros termos. Nos seus termos. Agora, nenhum chefe risonho ou fora de namorada poderia lhe passar uma rasteira. Tudo deu certo. Ninguém tira. E o melhor: novamente, sem precisar chegar nem perto de ser "ele mesmo". O melhor, com certeza.

Que foi? Não gostou? Acredita que Marlon Brando transformou-se numa farsa? Ora, ora. Não o critique. Afinal, o que você queria? Marlon, desempregado, lutando por um prato de comida? Marlon, viciado em crack, trancafiado na cadeia? Ah, não, não. Dez anos se passaram e está tudo bem. Dê um desconto, vai. Ele fez o que pôde. Dê um desconto e vire a página.

> *"Se tu podes vender a tua casa, o teu boi, o teu chapéu, coisas que são tuas por uma razão jurídica e legal mas que, em todo caso, estão fora de ti, como é que não podes vender a tua opinião, o teu voto, a tua palavra, a tua fé, coisas que são mais do que tuas?"*
>
> Machado de Assis

2 Estilo

Lágrimas escorriam pela face de Marlon Brando.

Se ele estava triste? Não, não. Longe disso. Alegria? Errou. Emoção? Tampouco. Ué. Então, por que diabos lágrimas escorriam pela face de Marlon Brando? Para dizer a verdade, correndo o risco de soar repetitivo, nem ele mesmo sabia.

À sua frente, cinqüenta estudantes. "Cinqüenta?" Cinqüenta. Cinqüenta estudantes assistindo a uma palestra. Isso, isso. Uma palestra ministrada por Marlon. É, meu caro. Assim funcionam as coisas. Bem-sucedidos profissionais dão palestras. A dele? *Como Marlon Brando buscou se constituir num elemento transformador dentro do mundo globalizado.* Bonito título, não? Bonito. Parece até nome de capítulo de livro, de tão bonito. Qual seu significado? Algum enfoque sobre a inserção da atividade na nova economia mundial? Ou visão crítica sobre as barbaridades cometidas pelo neoliberalismo? Infelizmente, nenhum dos dois. Na verdade, não significava nada. Absolutamente nada. Mas, semanas antes, descobrira ser necessário, a fim de compor o folder do evento, o envio de título e breve descrição. Título? A palestra será resumida à exibição dos meus projetos. Como encontrar um título de impacto? *Meus projetos?* Pobre demais. *Marlon Brando, vida e obra*, então, nem se fala. Definitivamente, o pior título possível. Daí, *Como Marlon Brando buscou se constituir num elemento transformador dentro do mundo globalizado.* Mesmo sem sentido nenhum, com certeza se destacaria em meio aos demais eventos da IV Semana do Design da Universidade de Piracicaba.

    Mas essa foi a parte fácil. Mamão com açúcar, como diria o Rovílson. O problema era a palestra em si. Afinal, de que modo tornar interessante, por exemplo, as dez telas que apresentavam o projeto gráfico do jornalzinho interno da VoiceUp Telemarketing? (Ou melhor, a newsletter da VoiceUp Telemarketing.) De que modo? Contando a verdade? "Ah, isso aqui eu fiz de qualquer jeito, pois queria entregar logo o projeto para receber minha grana." "Este outro eu copiei de um livro gringo." Nem pensar, nem pensar. E, logo na segunda tela, quando tentava justificar o pavoroso dégradé arco-íris a emoldurar o retrato do presidente da VoiceUp, Marlon percebeu que suas mais sombrias previsões se confirmavam. Um gorducho de óculos dormia bem no seu nariz. Ao fundo do pequeno auditório, cinco amigas fofocavam empolgadas. Outros dois grosseirões tagarelavam ao celular. Que fiasco. Que fiasco. E agora? O que faço? Não sei. Realmente, não sei. São só projetos, ora. Bons ou ruins, tanto faz. Não há, efetivamente, muito o que falar. O que esse pessoal queria? Que eu mentisse? Abrilhantasse tudo, para projetarem um fantástico futuro profissional a si próprios? "Em breve, serei bacana assim." É isso o que esperam de uma palestra? É isso? É. Claro que é. Exatamente isso. Como não percebi antes? E, rapidamente, reformulou todo o discurso. Então, gente. Vocês olham e imaginam que se trata de uma simples newsletter, não é? Pois estão enganados. Sob a superfície, projetos consistentes de design escondem inspirações profundas, elaboradas. Superprofundas. Superelaboradas. Supersuper. Neste caso específico, o sistema solar. O nosso sistema solar. Toda estrutura visual desta newsletter é inspirada no sistema solar. Toda. Este dégradé arco-íris, por exemplo. Não é um simples dégradé. São os anéis de Saturno. Perceberam? Aqui, olha. Dando a volta. Os anéis de Saturno. E a página quatro, com esta foto grande? Exato. Júpiter. Cada letra? Uma estrela. Cada imagem? Um satélite. Tudo conectado, magnífica orquestração cósmica. Com crescente empolgação, Marlon desandou a desfilar seu duvidosíssimo repertório interplanetário. Rotação, translação. Via Láctea, Plutão e outra dezena de bobagens e erros meteóricos. O resultado? Adivinhe. É, adivinhe. O resultado: sucesso total. O gordinho acordou, as mocinhas fecharam a matraca, nenhum outro celular tocou. Quem quer a verdade? A nobre e pura verdade? Ai, ai, ai. Quem? Olha aí: toda a platéia atenta, empolgada, só porque inventei essa baboseira de sistema solar. Agora, arremato com chave de ouro, mostrando que a profissão goza de enorme reputação. Perfeito. Aí, encerro. Bom, gente, é isso. Queria agradecer pelo convite, espero ter contribuído. É sempre bacana poder discutir design, trocar experiências. Difundir e valorizar a profissão. Muito obrigado. Aplausos, aplausos, aplausos. Muito obrigado. Não posso, também, deixar de dividir o mérito com o departamento de marketing da VoiceUp, pela oportunidade de poder fazer um projeto tão rico assim. Eles me receberam de braços abertos, gente. De braços abertos, numa enorme mesa de reuniões. Café expresso, água com gás. "Marlon, nós precisamos da Giant Design. E pagaremos quanto for necessário pelo seu talento. Por favor, Marlon. Por favor." Foi isso o que disseram. Não é bacana, gente? O design, sendo reconhecido? Olha, só de lembrar, fico até arrepiado. Quanta emoção. Quanta emoção. E, finalmente, lágrimas escorreram pela face de Marlon Brando.

    Note bem: pelo menos, dessa vez, ele não estava copiando ninguém. Lágrimas autênticas. Não?

Não achou? É. Tem razão. Não eram exatamente autênticas. Mas, pelo menos, dessa vez ele não estava copiando ninguém. Nisso, você há de concordar.

Encerrado o evento, organizadores e convidados seguiram para a comemoração numa pizzaria. Pizzaria pra lá de vagabunda, na opinião de Marlon. Para você ter uma idéia, nem carta de vinhos tinha. Uncroyable. Resignado, sentou-se entre uma aluna do diretório acadêmico e um professor local e pediu um chope. À sua frente, um sessentão com inacreditável visual rabinho-de-cavalo e calça de pregas mostarda, que se apresentou como Vag. Vag? "Vag. Vag Moreno. Proferi a palestra anterior, às sete e meia."

Mesmo com a mocinha dando em cima de Marlon descaradamente, ele não se animou muito. Além de um tanto nariguda, era fanha. Fica difícil. O nariz até passa. Mas fanhosa não dá. Não, não dá. "Você tem estúdio em São Paulo?" Vag Moreno puxava assunto. Tenho, tenho sim. Giant Design. No Itaim. "Sei, no Itaim." E você? Também? "Não, não trabalho mais com design. Mas trabalhei. Trabalhei. Duas décadas, rapaz. Duas. Agora, parei. Agora, sou *chef de cuisine*. Três, quatro anos atrás, abri um bistrô." Ah, um bistrô. Legal. Vou muito a bistrôs. Quem sabe já não sou freqüentador do seu? Como se chama? "O meu? Vags. De Vag, entendeu? Vag, Vags." Entendi. Vags. Marlon nunca ouvira falar no Vags. Ou no *chef de cuisine* Vag Moreno. Mas não quis soar esnobe. Vags. Acho que já ouvi o nome. Onde fica mesmo?

"Na Galeria do Rock." Na Galeria do Rock? Marlon examinou o visual eu-estava-na-moda-em-1989. "No subsolo." No subsolo. "É. Apareça lá, um dia. Aos sábados, servimos feijoada por quilo no almoço. Para o pessoal que trabalha nas redondezas. Apareça lá. A gente bate uma fejuca." Como? Bate uma fejuca? Puta que pariu. Esse infeliz quer me convencer ser *chef de cuisine* de um bistrô na Galeria do Rock que serve feijoada por quilo? Pelo amor de deus. Olha, também não vai dar. Não, não vai. Melhor arriscar o professor. Melhor. E então, professor? Como é o curso por aqui?

"O curso? É bem estruturado. Bem estruturado. Aliás, aproveitando, queria fazer uma colocação sobre sua palestra. O senhor não acha que (em uma análise mais profunda) se pode dizer que o design sustenta todas as novas configurações sociais mercadológicas, contribuindo assim para que (entre outras coisas) a desigualdade social e a catástrofe ambiental sejam nossos legados para os dias que estão por vir? Afinal, 'o homem estaria preso aos desejos consumistas, que o fazem escravo da mercadoria e vítima das contingências' (Jacintho, 2000, p. 68). Não acha?"

De tão acadêmica, a fala do catedrático trazia parênteses e notas bibliográficas. Além, claro, do discurso vazio e clichê, travestido de postura ideológica.

"Não acha? Que o design deveria 'privilegiar as idéias em detrimento das atividades comerciais' (Lafalce, 1996, p. 314)?"

Tudo dito em Times New Roman, corpo doze

com espaçamento um e meio, conforme a correta normatização. Deus do céu. O que fiz para merecer isso? O quê? Portuguesa. Para mim, portuguesa.

Ao ver a fatia de pizza no prato de Marlon, Vag Moreno voltou à carga, mostrando que, além do distúrbio de personalidade, também desenvolvera enorme talento para comentários estúpidos. "Vejam só! O ovo! O ovo! Não é a embalagem mais perfeita que existe? Sábia mãe-natureza. Criou o design perfeito. Sábia mãe-natureza." Misericórdia. De onde surgiu este ser? De onde? Mas, por incrível que pareça, a fanhosa achou legal. "Rrãe rrãrrurrerra...Rrramrrém ãrro." O *chef de cuisine* sorriu orgulhoso, imediatamente interrompido por um enciumado professor.

"Para mim, tal 'paradigma vigente faz supor que a história teria começado, ex nihilo, por volta de 1821, em função da importação de um modelo estrangeiro' (Sanches Júnior, 1968, p. 62)."

Mais uma vez: o que fiz para merecer isso? "Ex nihilo"? Se esta biboca tivesse ao menos uma carta de vinhos. E nem adianta tentar ir embora agora. Não tenho noção de como chego daqui ao hotel. Droga. E aí? Dou trela para o lunático Vag Moreno? Para a tese de doutorado ambulante? Ou foco nesta intragável pizza de quinta categoria? Ah, quer saber? Dane-se. Dane-se. Vou na fanhosa. Dadas as opções, até que ela não é de se jogar fora. Não é, não. Ajeitadinha. Basta um pouco de boa vontade. Como é mesmo seu nome? Ãrra? Não? Ãaá? Ah, Ana. Ana. Prazer, Ana. Sou Marlon. Você vem sempre aqui?

"Aqueles que não encontraram na peça um papel adequado para eles qualificavam-na intimamente de má e tomavam o barão por um autor desastroso; os outros, por sua vez, seguiam as passagens em que esperavam arrancar aplausos, com os maiores elogios, para extrema satisfação do autor."

J. W. GOETHE

3 Idéias

Bem-sucedidos profissionais também ganham prêmios. Verdade, prêmios. Confira você mesmo. No palco, bem à sua frente. Lá está ele, sob os holofotes. O vencedor do Brasil Graphic Awards deste ano, recebendo seu troféu. Lá está ele. Nosso protagonista, Marlon Brando. Uma salva de palmas.

Esqueça, contudo, suas costumeiras lágrimas emocionadas. Não que Marlon não houvesse aventado a hipótese. Claro que o fez. Chegou até a ensaiar em casa. Gente, muito obrigado. Quanta emoção. Mas foi impedido, em primeiro lugar, por uma limitação prática. Não havia, como na cerimônia do Oscar, púlpito ou tempo para discursos. Era subir, receber o troféu e descer. Além do quê, já durante os ensaios, concluíra pelo ar blasé. Pela pose de quem está acostumadíssimo a ganhar prêmios. Muito mais adequado à ocasião. Muito mais impacto. Ahn? Outro prêmio? Ai, meu deus. Onde vou enfiar tantos troféus? Minhas prateleiras estão todas lotadas. Lotadas. E assim, eis Marlon Brando. Recebendo, com o desinteresse de quem toma café na padaria da esquina, o primeiro prêmio de sua vida. Para dizer a verdade, primeiro e único. Ai, ai. Que tédio. Minha faxineira Zilda vai querer me matar. Toda semana apareço com um troféu novo lá em casa. "Outra tralha, seu Marlon? Não sei mais onde guardar tanta estátua. Não sei, não." Desculpe, Zilda. Mas o que posso fazer? O pessoal insiste em me encher de prêmios. O que posso fazer? Recusar?

Porém, para enorme desgosto deste autor, de nada adiantou lograrmos um capítulo sem a tradicional choradeira de Marlon. Da também habitual interrupção na narrativa, infelizmente, não escaparemos. Afinal, faz-se necessário justificar como foi possível a alguém, que não primava pelo talento explosivo, abocanhar o prestigioso Brasil Graphic Awards. Sim. Faz-se necessário justificar. Mas sem enrolação. Vamos direto ao ponto. Direto ao ponto, com a pergunta essencial: o leitor acredita que prêmios são, realmente, distintivos de excelência? Inquestionáveis atestados divinos de superioridade? Olha, só se for aos olhos deslumbrados da audiência. Porque não são. Óbvio que não. Não acha que Deus tem tarefas bem mais atraentes do que analisar qual designer deve receber o Brasil Graphic Awards do ano? Ou qualquer outro prêmio similar? Certamente. Se ainda fosse para decidir quem leva a Copa do Mundo, vá lá. Arranja-se uma brechinha na agenda, entre um terremoto aqui, outro genocídio ali. Mas o Brasil Graphic Awards? Não, não. O coitado nem deve saber de sua existência. Muito menos como é escolhido o corpo de jurados. Ou que estes, nada brilhantes, deixaram-se levar por argumentos duvidosos. Aí, pronto. Lá está ele, no palco. Triunfante. Mar-Lon! Mar-Lon! Mar-Lon! Só, por favor, não pense que a cena foi possível graças à VoiceUp Telemarketing. Não, nunca. O responsável pela noite de glória foi o projeto gráfico dos *Diários de Oswald de Andrade*. Que, sejamos sinceros, nada tinha de especial.

  O que nos leva a outro maldito parágrafo explicativo. Se o design para os *Diários de Oswald de Andrade* nada tinha de especial, como ganhou o prêmio? Desta vez, basta de questões abstratas. Mérito integral ao perspicaz Marlon Brando. Integral. O livro, encomenda de uma pequena editora, consistia na banal seqüência, colorida e em capa dura, de objetos pessoais do gordinho. E foi o que Marlon se limitou a fazer. Aplicar, página a página, as imagens fornecidas. Sem interferir, acrescentar ou subtrair nada. Ou seja: sem projetar. Mas, se mero executor, como rechear as vinte linhas disponíveis no item "intenções do projeto", obrigatório na ficha para inscrevê-lo no prêmio? Não havia intenção. Não havia. Lembrou-se, então, da antiga estratégia utilizada pela ex-namorada Fefê. Para dourar a si mesmo, use os outros. E redigiu uma ode à Semana de 22. Modernismo, Mário, Tarsila. Poesia barata, em estado puro. Cá entre nós, poucos opiáceos possuem efeito tão fulminante quanto poesia barata. Ao colocar em julgamento não o seu projeto gráfico, mas a Semana de 22, sabia que a vitória era barbada. Qual jurado votaria contra tamanho consenso? Nenhum. Somos todos reverentes em excesso ante qualquer menção a valores culturais estabelecidos. E não deu outra. Mar-Lon! Mar-Lon! Mar-Lon! Subiu os degraus, cumprimentou a mesa e recebeu um prêmio, na verdade, vencido por Oswald de Andrade. Bom, gente, como ele já morreu, recebo eu mesmo. Beleza? Por mim, beleza. Sem problemas. Dá aqui esse troféu. Possuía plena ciência de que, se houvesse realizado exatamente o mesmo trabalho para os *Diários de Bruna Surfistinha*, seguiria de mãos abanando. É uma lógica absurda? Sim. Estúpida? Também. Ridícula? Ridícula. Mas assim funcionam as coisas. Compreender isso foi mérito integral do perspicaz — e agora laureado — Marlon Brando.

 Encerrada a cerimônia, calculou milimetricamente o ângulo ideal para empunhar o troféu. Era necessário denotar absoluta displicência. Que saco, carregar este trambolho. Absoluta displicência, desde que o objeto ficasse bem visível aos olhos de todos. E iniciou o desfile pelo coquetel do evento. De cara, um velho conhecido. Vini. Que bacana! O Vini!

Deve estar supercontente por mim. Superorgulhoso. O pupilo, premiado. Com certeza, superorgulhoso. Assistir a alguém que ele formou, sendo reconhecido. Aposto que, quando me viu no palco, sentiu-se também vencedor. E aí, Vini? Para espanto de Marlon, o ex-chefe simulou dificuldade em identificá-lo. Tente de novo. E aí, Vini? "Oi?... Você é?" Marlon. "Marlon. Claro. Oi, Marlon. Tudo bem?" Tudo. Tudo bem. "Legal. O que anda fazendo?" O que ando fazendo? Qual é o problema desse cara? Há dez minutos me viu recebendo o troféu. Que pergunta. O que ando fazendo? Tenho meu escritório, Vini. Giant Design. "Legal. Escritório de quê?" De quê? Design, Vini. Design. "Legal. Bom te ver." Estendeu a mão mole para Marlon e virou as costas. Mão mole? "Você é quem?" "Escritório de quê?" O que deu nele? Passei três anos a seu lado. Varei noites para que ele pudesse comer a amante. Por que tamanho desdém? Recebi um prêmio. Eu. Seu discípulo. O mais fiel do assistentes. Aquele a quem você ensinou tudo. Desconsolado, Marlon não compreendia por que o antigo mentor, outrora tão atencioso, revelava-se um completo imbecil. Nesses dez anos Vini mudara? Não, não. Continuava exatamente o mesmo. Ora, Marlon. Quanta inocência. É simples. Como já se disse, "quando as condições se tornam iguais, a inveja, o ódio e o desprezo pelo vizinho invadem o coração humano". Ou, se preferir, "não basta ser feliz, é preciso que os outros não o sejam". O Vini de sempre. Que, quando me demiti, achou engraçado. Gargalhou até perder o fôlego. O pobre moleque caipira, com inatingíveis sonhos de grandeza. "Estou torcendo, rapaz. Que piada." Hoje? Hoje, não achou graça nenhuma. Nenhuma. E então, filho-da-puta? Onde estão suas risadinhas? Onde, seu filho-da-puta? Quero ver. Ri. Vai, ri, careca de merda. Ri, que eu quero ver.

Ainda encolerizado, sentiu um forte tapa nas costas, derrubando metade de sua taça de prosecco. "Marlão!" Nossa! Quanto tempo! "É. Dez anos?" Por aí, por aí. Não sabia que estava de volta. "Voltei. Faz uns seis meses." Londres? "New York City." Pensei que estivesse em Londres. "Não. New York City. Fiquei quatro anos em London. Perambulei um pouco, Thai, New Zeland, e parei em New York City." E voltou? "Voltei. Agora, de vez. De vez." Bacana. O velho LooloF, de volta. "LooloF?" É. Seu nome, não? LooloF. "Ih, Marlão. Tá por fora. LooloF is dead." Não sabia. Retomou Luís? "Não. Luís, não. Carne de vaca demais, Marlão. Agora, é L." L? "L. Luís, Lu, L. Got it?" Peguei, peguei. L. "L. Mais misterioso. Meio corporate, meio entidade. Saca?" Claro. L. Meio entidade. E então, L? Muitas novidades? "Muitas, Marlão. Muitas. Participei de many cool stuff. Many. O projeto de uma revista em NYC, da Lava, conhece?" Lava? Não. "Uma livraria na Mott. Ultra trendy." Não conheço. "Fiz alguns lances de customização para uma feirinha em Williamsburg, também. E PS1. Rolou PS1." Legal, legal. Marlon fingia grande admiração pelos feitos do amigo, mesmo notando que este não detalhava qual exatamente sua função em cada um deles. Ok, L. Ok. Participou de projetos ultra-trendy. Mas participou como? Em quê? Concepção? Operacionalização? Ou copa e cozinha? "E você, Marlão? Como anda?" Ah, normal. Tocando meu escritório. Giant Design. "Deixe de ser modesto, brother. Cheio de prêmios e tal. Se deu bem, hein? Se deu bem. Muita grana?" Não, não. "Fala sério. Muita grana, né? Está ganhando muita grana?" Não, não muita. Juro. "Não me enrole, Marlão. Tenho certeza de que está full of money. E, aí? Quanto tira no mês? Twenty grand? Thirty?" A insistência do ex-LooloF, ex-"foda-se o mercado", irritou Marlon. Não sei de cabeça, cara. Mas não é muito, não. "Fine, fine. Não quer abrir o jogo. Fine. Normal quando se tem muita grana. Não dar na vista, né? No problem at all, mudamos de assunto. Sabe quem perguntou por você?" Não. "A Verinha." A Verinha? "É, a Verinha." Perguntou por mim? Por quê? "Vai casar." Casar? "É." Com você? "Não, sai fora. Sai fora." Com quem? "Não sei o nome do noivo. Um dentista de Moema." Um dentista de Moema. "Ela queria lhe convidar para a festa, mas não tinha seu endereço." Entendi. Meu endereço. "É." Bom, anote aí. "Beleza. Vai ser um festão. Boca-livre, bro. E das boas. A Verinha se deu bem. Parece que o cara é cheio da nota. Meio bobalhão, mas cheio da nota. Sabe qual foi o presente de casamento do figura?" Qual? "Duas franquias da Amor aos Pedaços. Acredita? Duas. A Verinha se deu bem." Franquia da Amor aos Pedaços? No Quênia? Ou ela trocou Nairóbi pela rua Normandia? "Está animadíssima. Ficou me contando do apartamento que vai morar. Para você ter uma idéia, tem churrasqueira no terraço. Puta apartamento, Marlão. Puta apartamento. A Verinha se deu muito bem." O quadragésimo nono "se deu bem" esgotou a paciência de Marlon. Que saco! Cacete! A gente se reencontra após um tempão, e ele só fala de dinheiro. Legal, L. Legal. Bom, vou dar mais uma circulada por aí, falou? Preciso encontrar um pessoal. Mas a gente se vê no casamento da Verinha. Fechado? "Fechado. Fechadíssimo. See ya, dude!"

Primeiro, Vini-mão-mole. Depois, L-muita-grana. Quem mais falta encontrar aqui? "Oiii." Oi? "Você é o Marlon, né?" Eu? Sou. Sou, sim. "Parabéns pelo prêmio." Prêmio? Ah, o prêmio. Obrigado. Mas não ligo para prêmios. "Deixe de ser modesto. Megaprêmio. Nós duas sabemos disso. Somos estudantes de design." Estudantes. As duas. Belas estudantes. Narizes proporcionais, dicção perfeita. Belas estudantes. "Já vai embora?" Já. "A gente também. Só dá tiozinho aqui." Só. Só tiozinho. "Mas ainda é cedo para dormir, não?" Cedo. Cedíssimo. "Nem dez e meia. Que tal uma esticada?" Esticada? Eu? "Nós três. Vamos nos divertir um pouco. O que acha? Só nós três." Só nós três? Claro. Só nós três. Marlon mal podia acreditar. Finalmente, descobria as benesses do Brazil Design Awards. "Eu me chamo Tati." "E eu, Bia." Tati,

Bia. Prazer. Vamos lá. Só nós três. É hoje. Agora sim, L, sou forçado a concordar com você. Eu me dei bem. Eu me dei muito bem. Por aqui, meninas. Por aqui.

"De uma cidade em chamas, cada um busca salvar da devastação unicamente sua miserável propriedade."

FRIEDRICH SCHILLER

6 Projetos selecionados e comentados

Foi liberado da delegacia às oito da manhã. Que pesadelo. Meu deus, que pesadelo. Sem dinheiro para táxi ou ônibus, pôs-se a pé. Que pesadelo. Pobres garotas. Cruelmente assassinadas. Vivemos numa barbárie. Numa barbárie. Como não adivinhei que aquele matagal poderia ser reduto de traficantes? Como? O sangue, respingado em sua blusa, recordava-o a todo instante das terríveis cenas da madrugada. Tati, nua, com as vísceras à mostra. Pobre Tati. Assombrado, Marlon prosseguia na interminável caminhada. Ricardo Jafet, Bandeirantes. Bia, gritando ao ser estuprada pelo monstruoso caolho. Pobre Bia. Faria Lima, Teodoro. Como eu iria saber? Elas é que vieram com a idéia. Por mim, o colchão de casa estava de bom tamanho. Mas as duas queriam aventura. E lá se foi a besta aqui, toda animada, para o matagal. Pobres garotas. Em vez de aventura, encontraram a morte. O pior é que os quatro bandidos chegaram bem na hora. Podiam, ao menos, ter me esperado terminar. Já que iriam causar estrago de qualquer jeito, custava esperar mais cinco minutinhos? Custava esticar mais um parágrafo do tórrido capítulo quatro para, aí sim, iniciarem a carnificina do quinto? Não, não custava. Facínoras. Ainda bem que escapei. Ainda bem. Senão, a esta altura, estaria engavetado, junto à Tati e Bia, no IML. Pobres garotas. Pobres pais, também. Pobres pais. Quanto desgosto. As próprias filhas, assassinadas, na flor da idade. E não só isso. Assassinadas na flor da idade quando transavam entre si no meio do mato. Quanto desgosto. Será preciso me explicar a eles? Tomara que não. Ah, os senhores me desculpem. Elas me convidaram para sexo a três num lugar ermo, eu topei. Por quê? Porque sou um retardado e suas filhas eram gostosas. Não, não. Tomara que não. Já apanhei o suficiente. De bandido, de policial. O suficiente. Por hoje, basta de surras.

"Tem um cigarro aí, doutor?" Marlon, imerso, nada ouviu. "Um cigarro?" Os olhos esbugalhados de Tati. "Um cigarro, doutor?" Furiosas tesouradas a perfurar o pescoço de Bia. "É surdo, riquinho viado?" A crescente gritaria, enfim, o despertou. "Tem um cigarro, caralho?" Não, não tenho. Não fumo. "Então vá se foder, riquinho viado. Vá se foder." Ah, que dia mais iluminado. Passo a noite preso a um espetáculo macabro de estupro e assassinato. Quase morro. Em seguida, cinco horas depondo na delegacia. Depois, sou forçado a atravessar São Paulo a pé. Agora, para completar, um mendigo bêbado decide me infernizar. "Vá se foder, falou? Vá se foder!" Marlon olhou para o matrapilho deitado na calçada. Por que esse infeliz decidiu encasquetar logo comigo? Por quê? Por que não continua aí, com sua fiel garrafa de pinga, e me deixa em paz? Infeliz. Dormindo na rua com um... Peraí. Peraí. Eu o conheço. Conheço, sim. Inacreditável. Bezerra? Mantendo o ar agressivo, o barbudo nada respondeu. Bezerra? É você? Não se lembra de mim? Marlon. Do 41. Desde que deixara o antigo apartamento da Vila Mariana, seis anos antes, nunca mais soubera do sorridente porteiro. Sou eu, Bezerra. O Marlon. "Seu Mário?", resmungou o esfarrapado. O que aconteceu com você, Bezerra? Para terminar assim, morando na rua? "Tem dez reais para mim, seu Mário?" Não, não tenho. Acabei de sair da... "Porra, seu Mário. Dez reais?" O problema é que... "Vai regatear dez reais, seu filho da puta?" Mas, Bezerra, eu... "Então vá se foder, falou? Vá se foder!" Espere um pouco, ao... "Vá se foder! Vá se foder!" Passou a repetir a frase, em disparada, até Marlon desistir da conversa e retomar o passo. "Pode ir embora mesmo, seu Mário filho-da-puta! Mão-de-vaca do caralho! Você vai se foder, riquinho viado! Pode escrever! Você vai se foder gostoso!"

Meio-dia e meia, girou a maçaneta. Acabou.

Finalmente, acabou. Antes de desabar na cama, banho. Urgente. E computador, para cancelar os talões de cheque e cartões roubados. Aí, cama. Acho que preciso dormir uns três dias seguidos. Pobres garotas. Uma nova mensagem. *Criatividade e curiosidade*, Rovzz3000. Rovílson. Velho de guerra. Quanto tempo sem notícias dele. Desde que me pediu aquele depoimento para seu trabalho de conclusão de curso. Qual era mesmo? *A influência do heavy metal no design gráfico e vice-versa*. Isso, isso. Só o Rovílson. Conseguiu escolher o tema mais estúpido de toda a história dos trabalhos de conclusão de curso. Como pode? *A influência do heavy metal no design gráfico e vice-versa*? Rir para não chorar. *E vice-versa*. Só o Rovílson. Agora, *Criatividade e curiosidade*. Será alguma promoção na revenda de tratores? Porque, certamente, ele ainda deve estar por lá. Róvis, Róvis. Velho de guerra. Vamos ver. Quem sabe um punhado de palavras amigas não me distraem um pouco?

Para surpresa de Marlon, o e-mail resumia-se a uma imagem anexada, enviada à enorme lista de destinatários. Recorte do jornal local de Alvinópolis. Artigo datado de anteontem. Título: "Arte do acaso." Foto: Rovílson, sério, apoiado sobre uma medonha pintura com motivos geométricos. Quadro que poderia, tranqüilamente, passar por um Kandinsky. Desde que o russo, além de daltônico, apresentasse quadro clínico terminal de mal de Parkinson e alcoolismo. Subtítulo: "Rovílson Souza cria obra transgressora e intimista." O que é isso? O que deu no Rovílson? Coisa mais ridícula. E esse bigode? De onde ele tirou esse bigodinho?

"A base de seu trabalho é o acaso. Sua arte acontece. Não é pensada, planejada. Simplesmente surge e faz uso do artista para se materializar. Assim, o criativo Rovílson Souza define suas produções nas mais variadas áreas, como artes plásticas, design e poesia."

Poesia? O Rovílson? O Rovílson escreve "a gente" junto. "Agente." "Agente foi no Marreco." "Agente joga bola." Como assim, poesia?

"'Minha arte é de vanguarda', diz o autor, que passeia pelo mundo real e virtual, num trânsito capaz de gerar frutos, no mínimo, curiosos. Nos trabalhos de Rovílson Souza, tudo pode acontecer. Um rabisco enquanto fala ao telefone e até mesmo um melão putrefato podem virar obras dignas de ser admiradas. Para ele, a arte é um exercício de rebeldia. 'Sou anarquista. Não acredito no sistema. Então, fazer arte de ruptura é uma forma de dizer que é possível ir além dos limites.' Algo que fica evidente em sua mais recente série de trabalhos, onde listras coloridas se complementam, sob o sugestivo título de *Listras*. '*Listras* é um projeto que traduz muito bem essa proposta. Não agrada a qualquer público. É preciso um alto grau de intelectualidade para observar as listras. Sentir as listras. Por isso, o nome. *Listras*.'"

Deprimente. Deprimente ao extremo. Porque

o Rovílson sempre foi burrão. Sempre. Desde os tempos de colégio. Chegava a ser simpático, até. Aquele amigo tapado, soltando comentários estapafúrdios. Mas pedante? Nunca. Que papo é esse? "Sou anarquista?" "É preciso um alto grau de intelectualidade?" Série *Listras*? "Observar as listras, sentir as listras?" Burrão pedante? Não. Burrão pedante não dá.

"Quando perguntado sobre o motivo de continuar em Alvinópolis, em vez de se transferir para centros mais desenvolvidos, Rovílson Souza escarnece: 'Seria uma atitude provinciana. Tenho um amigo de infância, a quem ensinei tudo a nível de estética, que foi para São Paulo. Um espírito estreito, medíocre. Eu questiono esse tipo de clichê, minha arte está acima de modismos', afirma, com a segurança de quem rompe fronteiras e confronta os modelos vigentes. E, humilde, não cita o nome do colega. 'Não quero humilhar ninguém.'"

Sou eu. O espírito estreito, medíocre. Provinciano amigo de infância, a quem Rovílson "ensinou tudo". Tudo, "a nível de estética". Sou eu, com certeza. Não acredito. Cretino. Passei quatro anos ajudando o maldito a fazer os trabalhos mais imbecis do planeta, para aquele curso fundo de quintal na Ruy Barbosa. Quatro anos de "me ajuda, Cebola". "Quebra essa, Cebola." "Valewzaço, Cebola." Para quê? Para ser descrito como o medíocre e provinciano aprendiz do grande artista do acaso, Rovílson Souza. Cretino recalcado. E o imbecil do jornalista ainda concorda. Elogia a humildade do gênio. Não acredito. Espumando de raiva, esqueceu-se de banho ou talão roubado e caiu na cama.

Dia ruim, hein, Marlon? Dia ruim. Marlon Brando, humilhado e ofendido. Extenuado, sujo. Ferido. Dia ruim, ruim, ruim. Bota ruim nisso. Mas vá dormir. Vá dormir, que passa. Passa, sim. Que tal cinco dias seguidos de sono? Uma semana? Um mês? Que seja. Acordará outro, tenha a certeza. Afinal, você também é como Bezerra e Rovílson. Também. Circunstancial. Sim, Marlon. Somos todos. Estritamente circunstanciais.

"*Cada um, por natureza, deseja que os outros vivam segundo as suas idéias, e, como todos têm o mesmo desejo, acontece que se incomodam uns aos outros; e porque todos querem ser amados ou louvados por todos, daí resulta um ódio mútuo.*" Espinosa

7 Sucesso

Parabéns, senhor. Parabéns. Para a senhora também. Parabéns. O quê? Uma foto juntos? Claro, uma foto. Fico aqui? Ali. Sorrindo, sorrindo. Um, dois e... pronto. Será que pisquei? Sempre pisco na hora. Não? Que bom. Sempre pisco. A festa está linda, hein? Linda. Mais uma vez, parabéns a ambos. Linda festa. Vou aproveitar, sim. Pode deixar. A gente se vê lá dentro. Ai, ai, ai. Quem serão esses dois? Pais da Verinha? Ou do noivo? Da Verinha, aposto. A mulher, com esse jeitão o-ácido-derreteu-meu-cérebro-nos-anos-setenta, é a cara da Verinha. A cara.

    Vencida a protocolar recepção à porta do buffet, Marlon alcançou, enfim, o salão principal. Quem diria. A Verinha casando em estilo neoclássico. Quem diria. Do couro surrado à pátina bege.

Da saia indiana ao... "Marlon Brando!" Carlão? Fala, meu velho! Beleza? "Beleza, beleza. Pensei que não viria mais." É, estou meio atrasado. "Nem esquente. O religioso terminou só há pouco. Chegamos aqui faz quinze, vinte minutos. A galera da faculdade fechou duas mesas. Vamos lá?" Vamos. Vamos, sim.

"Madames et monsieurs! Digam todos alô para our ilustríssimo fucking rich friend!" Com desenvoltura e magnífico senso de humor, o poliglota L avistou o amigo se aproximando. Engraçadíssimo, L. Engraçadíssimo. Oi. Oi. Oi. "Sit down here, dude! Sit down here!" Sento. "Festão, hein?" Festão. "Várias gatinhas, Marlão. Várias. Lá naquele canto do fundo, take a look. Hoje não saio daqui desacompanhado, dude. No fucking way." Marlon concordava, simulando, como de hábito, enorme empolgação. Mesmo que, ainda traumatizado, descartasse qualquer possibilidade de arriscar fanhosas ou cadáveres na programação daquela noite. Com certeza, L. Várias. Nada é tão sexy quanto meninas vestidas como vovós. Tafetá, cetim. Penteados rococó, bolsinhas douradas. Nada é tão sexy. Elas, inclusive, devem achar a mesma coisa com relação às nossas gravatas. "Em breve parto para o ataque, brother. Em breve. Só mais alguns whiskões, para ficar tinindo. Aí, vou à caça." Com certeza, L. Selvagem predador. "Toma comigo? Garçom, enche o meu. E traz outro copo, para meu buddy aqui." Obrigado. O buddy agradece. "E então, Marlão? O que conta de novo? Muita grana?"

Ai, meu deus. Que saco. Vai começar a ladainha... Com certeza, L. Muita grana. Muita. Olha, muita mesmo. Impressionante. É tanta, que você não conseguiria nem imaginar. Estou nadando em dinheiro. Nadando. Buddy. A estratégia pareceu funcionar e, talvez inferiorizado ante a eloqüência exagerada de Marlon, L mudou de assunto. "Legal. Good for you. Um dia também chego lá, dude. Chego, sim. Por enquanto, meus pais me dão uma força. Mas, um dia, chego lá. Bom, Marlão, excuse me. Hora do bote." Virou o copo e seguiu, andar canastrão, rumo às tais gatinhas do fundo.

Mas não pense que encerraremos por aqui nossa lista de velhos conhecidos à mesa. Não. Tem mais. Olhe à direita de Marlon. Isso, à direita. Viu? Quem? Como "quem"? "Quem é o cara de tiara?" Não, leitor. Não. Não estamos falando do cara de tiara. Esse é o Celsinho. Lembra do Celsinho? Turbante. Celsinho Turbante. Vencedor do concurso para criação do selo comemorativo de 25 anos do Batalhão de Choque da 13ª DP. Lembrou? Pois é. Ele mesmo. Talvez, hoje em dia, o apelido seja Celsinho Tiara. Não sabemos. O fato é que, Tiara ou Turbante, Celsinho continua errando feio nos acessórios. Bandana aos vinte anos? Algum desvio passageiro pós-puberdade. Tiara aos trinta? Não tem desculpa. Mau gosto incurável. Caso perdido, Celsinho. Caso perdido. Além do quê, não queríamos falar de você. Por favor, nos dê licença. Mais à direita, leitor. Mais à direita do

Celsinho. Duas cadeiras pra lá. Viu agora? A moça de cabelo curto? Ela mesma. Fefê.

Fefê. Momento perfeito para um emocionante reencontro, não? Pense bem. Marlon, após anos de separação, novamente cara a cara com aquela que destruiu seu coração. Que tal um clímax narrativo? "Eu nunca esqueci você, Fefê." "Nem eu, Marlon. Nem eu. Desculpe todo o mal que lhe causei." "Deixe o passado para trás, querida. Temos o futuro inteiro à nossa frente. Vamos, juntos, recomeçar." "Oh, querido. Oh, querido." "Você está ouvindo, meu amor? A música, ao fundo?" "Marlon! É a nossa música!" "Então, venha querida. Valsemos. Valsemos pela vida, flutuando nas asas da paixão." "Oh, Marlon! Oh! Acho que vou desmaiar em seus braços!" Que tal? Seria bacana, hein? Marlon e Fefê, flutuando nas asas da paixão. Bem bacana. Infelizmente, a história foi outra.

Quando contava seis anos, Marlon estudava na Grãozinho de Gente, pré-escola de Alvinópolis. Numa tarde, aproveitando a proximidade do Dia das Mães, a professora incumbiu os alunos de executarem um presente para suas respectivas. Argila, tema livre. Algumas crianças optaram por um coração, a fim de externar todo seu amor. Outras, mais pragmáticas, um cinzeiro. Marlon preferiu o Batman. Não que dona Lourdes fosse aficcionada pelo herói. Não. Nem um pouco. Mas Marlon tinha seis anos. E caprichou no Batman. Caprichou, caprichou. Terminada a atividade, a professora recolheu todas as obras. Explicou que estas deveriam permanecer guardadas por uma semana, secando, para, só então, serem definitivamente entregues às respectivas mamães.

Durante esse intervalo, Marlon inflou-se de orgulho. Tinha a certeza de ter confeccionado um Batman perfeito. Perfeito. Capa, máscara e botas. Dia após dia longe da peça, a imagem que sua mente registrava adornava-a cada vez mais. O cinto de utilidades, esculpido nos mínimos detalhes. As ondas de tecido na capa. Chegou até a acreditar que seu Batman era preto e cinza, mesmo sem nenhuma recordação de tê-lo pintado. Dia após dia longe da peça, mal se agüentava de tanta ansiedade. Precisava, desesperadamente, reencontrar sua obra-prima.

Finalmente, recebeu-a de volta. Decepção colossal. Colossal. Não havia cinto de utilidades. Tecido suavemente ondulado. Músculos definidos. Não havia cor, capa ou botas. Nada. Apenas um monte de argila marrom disforme, encimado por dois chifres. O Batman perfeito do pequeno Marlon Brando nunca existira. A não ser em sua imaginação. Dona Lourdes? Dona Lourdes achou lindo. Encaixou o presente na estante da sala. Onde, aliás, se encontra até hoje. Ao lado do, não menos medonho, gato de porcelana tocando violino.

Duas cadeiras para lá do Celsinho. A moça de cabelos curtos. Marlon olhou, olhou. Mas, duas cadeiras pra lá do Celsinho, só conseguiu enxergar um monte de argila marrom disforme. Fefê. Fefê mudara? Não, não. Continuava a mesma Fefê. A mesma. Que sempre foi completamente diferente da Fefê que habitava Marlon Brando. Esta sim, colorida. Capa, botas. Tecidos em ondas suaves. Cinto de utilidades perfeitamente detalhado. Esta sim, perfeita.

Nada de clímax narrativo, portanto. Além do quê, ela estava acompanhada do marido. Sim. O dentuço ao lado dela. André. O famoso André, num arrojado conjunto composto por paletó preto sobre casaco de moletom, capuz à mostra. Par com a esposa, e sua releitura fashion e desconstrutivista da renda bordada, seja lá o que isso possa significar. Ambos emitindo inconfundíveis sinais de estarem atentos às tendências da moda. Ou melhor, de estarem muito mais atentos do que deveriam às tendências da moda. Talvez constrangida pela presença do cônjuge, Fefê mal deu atenção a Marlon. Mas, a certa altura, cruzaram-se na saída do banheiro. "Oi." Oi. "Quanto tempo." É. Quanto tempo. "Como estão as coisas?" Tudo bem. E você? "Também." O que tem feito de bom? "Hum, cuidando dos filhos." Filhos? "É. Dois. Laura e Joaquim. Você precisa ver, que gracinhas. Uns fofos." E a arquitetura? "Ah, não dá. Tive que estabelecer prioridades. Ser atropelada pela correria da vida moderna? Não dá. Trabalho, família, corpo. Dizem que é fundamental estar ao lado dos filhos durante os primeiros anos." Dizem? "Dizem. Psicólogos, pedagogos. Não dão descanso, minhas pestes. Mas os amo de paixão. Não me arrependo da escolha." Sim, claro. Escolhas. "Sei que um dia vão crescer." Vão. "Mas, quando isso acontecer, há uma série de coisas que planejo fazer." Entendo. "Quero dar aula de ioga." Ioga? "É. Cheguei a dar algumas, quando eu e Dedé morávamos em Denver. Para amigas." Ioga em Denver. "Também trabalhar com plantas. Sempre gostei de plantas, acho que você se lembra, não?" Lembro, lembro. "Então. Alguma coisa nesse sentido. Paisagismo, reciclagem." Paisagismo, reciclagem. Não são coisas diferentes, Fefê? "Ou reformar casas, para depois vender." Reformar casas. "Reformei uma, em Denver." Entendo. Meditação oriental, salvar o planeta, caprichar no jardim e lucrar no mercado imobiliário. Entendo. Quanta coisa, né? "É, tenho muitos planos. Mas, por enquanto, o foco é o Joca. E a Lau." O foco. Sim, o foco. "Não quero entrar nessa paranóia da mulher contemporânea, não. Trabalhar feito louca, mal ver os filhos, descuidar de mim." Claro. Uma paranóia. Pobre mulher contemporânea. "Gostei de te ver. Fazia tempo, né? Fiquei sabendo que você se deu bem. Fico contente." Eu? Eu me dei bem. O que mais vai perguntar? Quanto eu ganho?

    Mas Fefê já o deixara, de volta aos braços — e capuz — do marido. Lá vai ela. A perfeita síntese da mulher contemporânea, cheia de dilemas. Cada vez mais marrom. Cada vez mais disforme. Rapidamente, sua vaga foi ocupada. Desta vez, pela perfeita síntese do homem contemporâneo, cheio de dilemas. "Marlão! Tudo esquematizado, dude!" Tudo? "Tudo. A menina é uma delícia, Marlão. Uma delícia. Prima do noivo. Advogada em Poços de Caldas." Poços de Caldas. Que delícia. "É hoje, my friend. É hoje!" Levantou as duas mãos, ambas ocupadas por uma taça de champagne cada. "Só saí para buscar leitinho, Marlão. Tenho que alimentar a gatinha." Como? Leitinho pra gatinha? Urgh.

  De volta à mesa, Marlon gastou a hora seguinte com interessantíssimos assuntos levantados por Celsinho Acessórios, a fim de preencher o esperado vazio de um grupo que, ao se reencontrar após uma década, percebe nunca ter tido absolutamente nada em comum, a não ser a rotina universitária do passado. Celsinho começou pelo aquecimento global. Depois, séries de tevê americanas. Para terminar, viagens. Tudo interessantíssimo. Interessantíssimo. Quando sua namorada, cujo nome nos escapa, descrevia Toronto em detalhes interessantíssimos, os noivos chegaram para os tradicionais cumprimentos.

  "Gente! Que bom que vieram! Ai! Que bom!" A nouveau neoclássica cintilava. A seu lado, um gorducho branquelo, sorridente. "Esse é o William! Meu maridinho, né, Will? Maridinho, não. Maridão. Maridão." Abraçaram convidado a convidado, sempre nos mesmos moldes. Com Marlon, não foi diferente. Parabéns, Verinha. Parabéns, William. Muito prazer. Você está linda, Verinha. Linda. "Obrigado, Marlon.

Que bom ter vindo. Eu não conseguia encontrar seu endereço. Que bom ter vindo. O pessoal conta que você está superbem. Legal. Eu também estou. Com meu Will. Não é, Will? Estou. Superbem. Não dá pena dos nossos amigos pobres? Para mim, dá um pouco, sim. Eu e você, superbem. Enquanto alguns, como o Celsinho, não emplacaram. Dá um pouco de pena, não?" Marlon limitou-se a sorrir. Como responder a tamanha estupidez? Pena dos nossos amigos pobres? Amigos pobres? Quem era pobre ali? Quem era rico? Não, não. Não dá para responder a tamanha estupidez. Marlon apenas sorriu no automático e sentou-se de volta.

O jantar foi servido. Agnolotti al funghi secchi? Ou tortellini al pesto? Diante das opções, Marlon desanimou. Comida de casamento é sempre igual. Ruim, com pose de sofisticada. Agnolotti al funghi secchi? Tortellini al pesto? Que caipiragem. Isso eu comia quando era moleque. Carlão, atrás dele na fila, sentiu pela falta de outro ilustre personagem. "Marlon?" Que foi? "Será que a Verinha convidou aquele ex-namorado italiano? Pietro?" Não, Carlão. Claro que não. "Ora, por que não?" Porque o cara morreu, faz uns quinze anos. "Não. Não morreu. Lembro que, em nossa festa de formatura, Verinha disse tê-lo convidado. Mas ele se encontrava no Afeganistão, fotografando."Impossível, Carlão. Impossível. O cara estava morto. Morto. Postada à frente de Marlon, uma ruiva cinqüentona intrometeu-se na conversa. "O mocinho aqui tem razão. Pietro não poderia ter vindo. Morreu mesmo, faz tempo. Sou tia da Verinha. Suzana." Prazer, Marlon. Não falei, Carlão? Não falei? "Mas a Verinha me contou. Na formatura. Pietro estava fotografando no Afeganistão." A tia insistiu. "Não, rapaz. É impossível. Ele se suicidou há muito tempo. Numa prisão chinesa." Desculpe, mas acho que agora foi a senhora quem se enganou. Pietro morreu num acidente de carro, nos Alpes. "Ih, mocinho. Nos Alpes? Um negão daqueles?" Negão? Pietro não era cigano? "Para mim, era descendente de condes toscanos." Condes toscanos, Carlão? Quem lhe disse isso? "A Verinha." Quando se preparava para soltar mais um comentário, tia Suzi surtou. Os primeiros acordes de "I will survive" saíam do alto-falante. "Uhuuuuuu! First I was afraaaid…" Tia Suzi? "… I was petrifiiied." Ensandecida, deixou Marlon falando sozinho, prato no balcão, e disparou rumo à pista de dança. Movimento repetido por grupos das mais variadas idades que se soltavam, vibrantes, ao som da intragável canção dos anos 70, cuja manutenção no hit parade de toda maldita festa de casamento constitui um dos maiores mistérios do mundo contemporâneo.

Marlon desistiu. Da comida, do enigma Pietro. Desistiu e sentou-se num sofá ao canto. Na pista, quinze garotas se abraçavam numa roda, pulando feito loucas. Gloria Gaynor dera lugar ao igualmente insuportável Billy Paul. As moças, em coreografia, pareciam ir à loucura com seu hino. "Your song." Mantra entoado pelo grande xamã, Billy Paul. "I hope you don't mind, I hope you don't mind." Urgh. Olha, Billy. Para dizer a verdade, eu me incomodo, sim. Muito, aliás. Urgh, urgh, urgh.

 Mas não desista ainda, Marlon. Não, ainda não. Por quê? Porque falta o clipe. O clipe, Marlon. Para arrematar esta noite de gala, clipe no telão. Seqüência de fotos retratando os noivos. Jovens, com os amigos. Os primeiros dias do namoro. Etcetera, etcetera. Algo cuja intenção declarada é a de narrar a linda história de amor, desde o princípio. Na verdade, não passa de mais um item no grande espetáculo de entretenimento e ostentação promovido pelas famílias, a fim de comunicar pujança financeira. Então, não desista ainda, Marlon. Hora do clipe. Verinha e Will já estão abraçados, no meio do salão. As luzes se apagaram e começou a tocar a música escolhida para simbolizar momento tão especial. Ouça, Marlon. Queen, "Somebody to love". Olhe, Marlon. William, roupa de esqui, em Bariloche. Verinha num réveillon qualquer, toda de branco. Romântico beijo em Campos do Jordão, sorrisos em Times Square. William colando grau. Verinha na Bahia. E assim por diante, até Freddie Mercury fechar a matraca.

 Pronto, Marlon. Agora, sim.
 Pode desistir.

"— Tudo na Terra, meu Dâmaso, é aparência e engano!"

Eça de Queirós

8 Morte

Mais de dez minutos para trazer um carro? Puta que pariu. Onde cacete o estacionaram? Na Mooca? Ou o distinto manobrista decidiu dar um rolê? Puta que pariu. Sob o portão de entrada do buffet, Marlon impacientava-se. Queria cair fora daquele casamento o quanto antes. Num canto mal iluminado, L e a advogada de Poços de Caldas se pegavam. Que cena bonita. Bonita. Admiro aqueles que lutam por um objetivo. Com garra, dedicação. L lutou, L conseguiu. Tomara que sua mamãe tenha caprichado na mesada do mês. Assim, o filhinho de 34 anos consegue impressionar a moça. Tomara, tomara. Pelo vidro, também podia observar Fefê e André. Segurando suas taças com correção. Sorrindo, também com correção, a um gesticulante Celsinho. Outro lindo instantâneo. Que casal distinto. Educados, respeitáveis, na moda. O que mais se pode querer da vida, não é? Qual será o assunto do Celsinho agora? Previsão do tempo? Trânsito? Do outro lado do salão, tia Suzi se abanava, esparramada na cadeira. Quanta diversão, hein, tia Suzi? Como é bom se acabar na pista de dança. Village People. Como é bom. A Verinha ainda está lá, olhe. Vibrante. Uma geração ímpar, celebrando reunida. Puta que pariu. Cadê esse viado do manobrista? Cadê? Com certeza, perdeu meu carro. Querido, e meu carro? O cara saiu faz quase quinze minutos. Ah, está vindo? Você já me respondeu isso umas três vezes, cacete. Está vindo. Está vindo. Mas continuo plantado aqui, porra. Tenho cara de palhaço? É o trabalho de...

"Comilança, hein? Que comilança."

O comentário interrompeu o chilique de Marlon. "Comilança, hein? Que comilança." Em voz alta, satisfeita. Comilança. Meu pai. Meu pai falava assim. Quando eu era moleque, depois de se entupir de lasanha no domingo. "Lourdes, misericórdia! Que comilança!" O velho Gilmar, a velha sala de casa. A velha vida. "Comilança, hein? Que comilança." Marlon virou-se para o autor da frase, instintivamente esperando dar de cara com o pai. Com a cidade natal. Com sua infância. Marlon virou-se, mas, claro, ninguém estava lá. Imagine. Acha que lady Verinha, tão chique, iria convidar seu Gilmar, Alvinópolis ou a infância de Marlon para tão seleto evento? Pffff. Claro que não. Só gente fina, honey. Só gente fina. Marlon virou-se e não encontrou ninguém. Apenas um senhor, já velho, que sorria para a esposa, também gasta, apesar de esticada por plásticas ou botox. A promessa da juventude eterna, em sua habitual concretização patética. "Comilança, hein? Que comilança." Marlon virou-se e deu de cara com dois velhos.

Ricky e Malu, pais de Fefê.

O sofisticado casal, que desfilava seu *cosmopolitan lifestyle* por festas e vernissages. Que tanto zombara de seu jeitão jeca. Lá estavam eles. Ricky e Malu. Velhos. Soltando frases que remetiam a Gilmar Fuzetti. Como de hábito, o ar de superioridade também comparecera ao encontro dos três. Sim, sim. Não poderia faltar. Desta vez, porém, trafegando em sentido inverso. Desta vez, partia de Marlon para atingir, inclemente, o risível casal. Comilança? Essa comida de quinta? Só se for para vocês, vovôs aposentados. Caipirões. Em dez anos, Cebolinha dera lugar ao Giant. Admirado, bem-sucedido. Em dez anos, Ricky e Malu já não ditavam regra alguma. E Marlon Brando deixava isso bem claro. Humilhar? Ele era mestre. Aprendera com profissionais. Profissionais que, naquele instante, se arrependiam profundamente de haverem ensinado o aluno com tamanha perfeição. Oi, tudo bem? Lembram de mim? Marlon. É, estou diferente. Vocês também. Risadinhas. Estão diferentes. Risadinhas. Quase não os reconheço. Risadinhas. Quer dizer, então, que gostaram da comida? Risadinhas. Bem diferentes. E mais risadinhas. Vou indo, meu carro acaba de chegar. À tout a l'heure!

Fim.

Fim. É, fim. Fim. Marlon conseguiu. Após anos e anos de cabeçadas, eu consegui. Primeiro, errei ao tentar apoiar-me nos outros para escapar da vidinha em Alvinópolis. Você se lembra, a parte um. Não deu. Cataploft. Depois, construí a mim mesmo por conta própria. Esta segunda parte. Que se encerra aqui, cheia de êxito, na saída do casamento de Verinha. Ricky e Malu, devidamente esmagados. Metas alcançadas, fim da história. Eu consegui.

Consegui, consegui. Consegui o que mesmo? Ostentar superioridade ante Ricky, Malu e Fefê? Sim, isso sim. Ser admirado por L, Verinha e demais deslumbrados? Também. Também consegui. Mas era esse o plano? O objetivo? Não. Não era. A idéia era deixar minha vidinha para trás, lembra? Apagar o medíocre Cebolinha Cover de Alvinópolis. Partir para uma existência maior. Esse era o plano. Esse. E consegui? Não. Claro que não. Afinal, quando me lembro das tardes no Marreco, quem é aquele cara ao lado do Rovílson, tomando cerveja e dando risada? Um desconhecido? Não. Sou eu. Aquele cara ainda sou eu. Eu. Quando recordo a noite em que Fefê me chutou, também. Sou eu, esmurrando o travesseiro. O gol na final do Ferreirão? Meu. E quem tentou agarrar, bêbado, a Ritinha padeira na porta do banheiro? Eu. Não me tornei outro. Não apaguei o medíocre Cebolinha Cover de Alvinópolis. Não. E não foi por incompetência, não. Não escapei, simplesmente, porque não se pode escapar. Nem eu, nem ninguém. O mesmo Marlon Brando de sempre. O mesmo. Agora, com aparência agradável. Mas o mesmo Marlon. Todas as coisas que fiz estão aqui. Todas. Boas, más. Sofisticadas, ridículas. Cebolinha e Giant, lado a lado. Tudo aqui, comigo. Enxergam-me com admiração? Sim. Acham que "me dei bem"? Sim. Isso me tornou diferente? Para os outros, talvez. Para mim mesmo? Não. Sou o mesmo Marlon Brando de sempre. Serei, até o dia em que morrer. O mesmo Marlon Brando de sempre. Tanto esforço para nada.

E agora? O que fazer? Bolar outra estratégia, a ser desenvolvida na parte três deste livro? Não. Deus me livre. Sem parte três. Cansei. Acredito que você também, certo? Então. Sem parte três. Por outro lado, não queria encerrar novamente com lágrimas e gritos desesperados. Queria um final feliz, sabe? Na falta de clímax narrativo, que haja ao menos um final feliz. Que tal? O que acha? Isto aqui não merece um final feliz? Merece. Merece, sim.

Então venha, leitor. Entre no meu carro. A Marginal está vazia nesta madrugada, e já estão todos aqui. A orgulhosa mamãe Fefê, o trangressor artista Rovílson. Bezerra, Vag Moreno, Tati e Bia. Luís, LooloF e L. Sim, os três. Ana, a fanhosa. Ricky e Malu, sorvendo dry martinis. Em roupas de esqui, Verinha e Will. Meu pai, minha mãe e o Batman de argila. Pietro, conde cigano negão. Tia Suzi e Vini, se matando de rir. Até o Pitusco, acredita? Nosso alegre vira-lata também apareceu. Venha, leitor. Venha para o final feliz. Já estão todos aqui. Cantando, juntos, uma linda canção:

> *Hoje eu acoldei, o sol blilhava taaaanto!*
> *Coli pelo glamado, você nem sabe quaaaaanto!*
> *Floles no jaldim, bolboletas namolaaaando!*
> *Nuvens de algodão, cacholos se ablaçaaaando!*
>
> *Manhã, manhã, manhã de plimaveeeeela!*
> *Pintula, pintula, pintula de aqualeeeeela!*
> *Manhã, manhã, manhã de plimaveeeeela!*
> *Pintula, pintula, pintula de aqualeeeeela!*

Quem assinou este livro

Gustavo Piqueira nasceu em 1972. Escreveu o irônico *Manual do paulistano moderno e descolado* (WMF Martins Fontes, 2007), *Coadjuvantes* (Martins Fontes, 2006), *São Paulo, cidade limpa* (Rex Livros, 2007), *Morte aos papagaios* (Ateliê Editorial, 2004) e *Gill Sans* (Rosari, 2004), além do infanto-juvenil *Sardinha e os diamantes* (Escala Educacional, 2007). É sócio da Rex Design, um dos maiores e mais premiados estúdios de design gráfico do Brasil; ilustrador de diversos livros infantis e designer de alfabetos distribuídos pela *type foundry* T26 de Chicago.

Este livro foi escrito no primeiro semestre de 2008, está composto em Swift Regular para os textos, Mrs Eaves para os títulos e é dedicado à Fefê.

IMPRESSÃO E ACABAMENTO:
YANGRAF Fone/Fax
2095.77.22
e-mail:yangraf.comercial@terra.com.br